光文社文庫

長編歴史時代小説

鷹の城
定廻り同心 新九郎、時を超える

山本巧次

光　文　社

目次

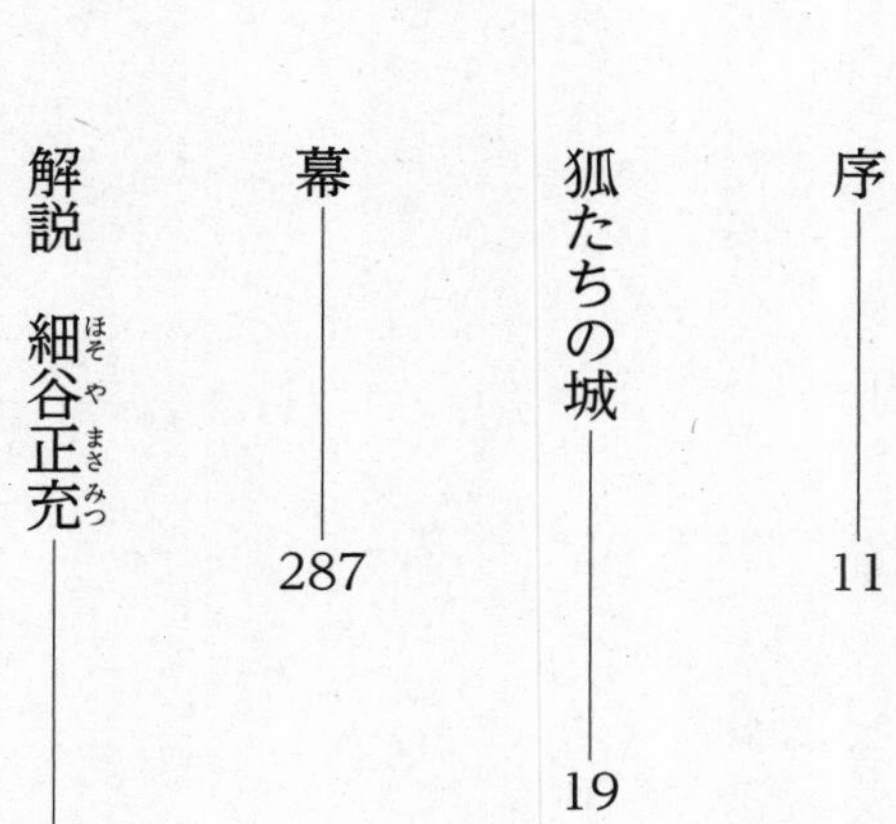

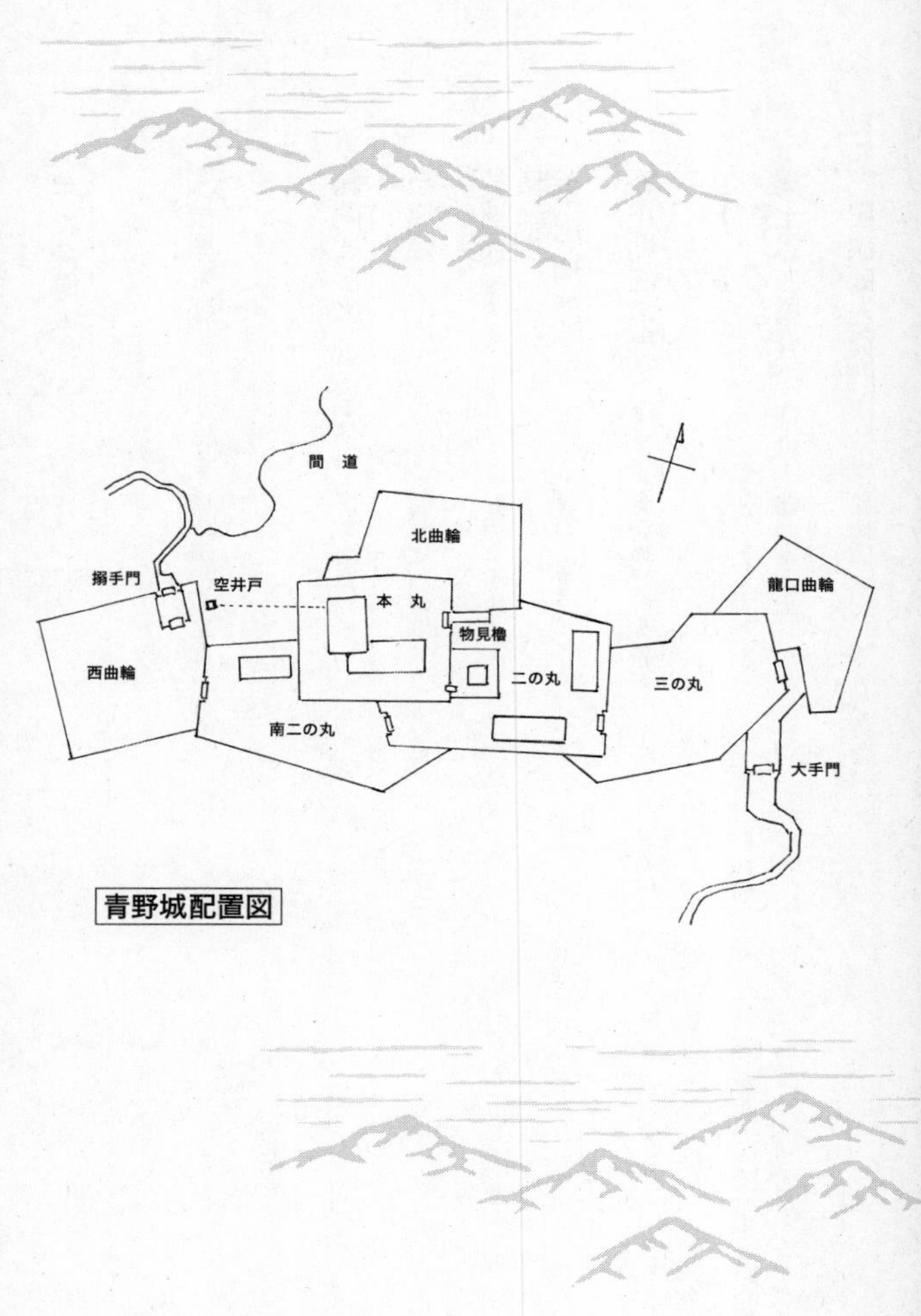

青野城配置図

主な登場人物

瀬波新九郎（せなみしんくろう）……南町奉行所定廻り同心。
鶴岡式部大丞景安（つるおかしきぶだいじょうかげやす）……播磨国青野城城主。
奈津姫（なつ）……鶴岡式部の娘。
杉浦兵庫（すぎうらひょうご）……鶴岡家重臣。
畠山刑部（はたけやまぎょうぶ）……鶴岡家重臣。
香川助右ヱ門（かがわすけえもん）……青野城足軽大将。
山内主膳（やまうちしゅぜん）……鶴岡家上士。
湯上谷左馬介（ゆがみださまのすけ）……鶴岡家上士。
門田次郎左衛門（かどたじろうざえもん）……鶴岡家上士。本丸警護役。

鶴岡孫三郎景光（まごさぶろうかげみつ）……鶴岡式部の嫡男。青野城の支城綱引城城主。

羽柴筑前守秀吉（はしばちくぜんのかみひでよし）……戦国武将。織田信長配下で播磨攻め総大将。

竹中半兵衛重治（たけなかはんべえしげはる）……織田信長配下の戦国武将。秀吉の軍師。

黒田官兵衛孝高（くろだかんべえよしたか）……播磨土豪の出で織田信長配下の戦国武将。

堀尾吉晴（ほりおよしはる）……秀吉の配下。

安国寺恵瓊（あんこくじえけい）……臨済宗の僧。毛利家配下の外交僧。

甚吉（じんきち）……下谷長者町の岡っ引き。

瀬波新右衛門（しんえもん）……新九郎の父親。向島で隠居。

上谷畿兵衛（かみやきへえ）……上谷家の隠居。新右衛門のはとこ。

上谷志津（しづ）……上谷畿兵衛の姪。

鷹の城

定廻り同心 新九郎、時を超える

序

吹いてくる風は、やはりまだ冷たい。しかし、五感を研ぎ澄ませれば、その寒風の中にも微かな草の新芽の香が混じっているのがわかった。

春が近付いている。この如月の、東播磨の地にも。竹中半兵衛重治は、ほんの僅か顔を綻ばせると、本陣の右手にある斜面を登った。さして急な斜面ではない。人の背丈の二人分ほども登れば、松の木の根元に少しばかり平らになった場所がある。そこからは大きく視界が開けており、山の下に広がる村の田畑と一筋の街道、その奥の向かい側の山並みが手に取るように望めた。

その場所に、鎧の上に陣羽織を重ねた小柄な人物が一人、立っていた。その目は向かいの山上に座する山城にひたと据えられ、半兵衛が近付いても動かなかった。

「漂い始めた春の息吹を、楽しんでおられまするか」

半兵衛が声をかけると、小柄な武将はゆっくりと振り向いた。

「この儂が、そんな風流を？」

羽柴筑前守秀吉は、口元にニヤリと笑みを浮かべると、畳んだ軍扇でさっと彼方の城を指した。

「鷹乃城、などと呼ばれておるそうな」

その口調には、揶揄が感じられる。鷹などと、分不相応に勇ましい名を付けたものだ、とばかりに。

「見た目の形からでございます。下から見上げれば、山上に鷹が伏せたよう。絵図で上から見ると、鷹が翼を広げたよう。そう見える、と」

説明してから半兵衛は、見えるか見えないか程度に肩を竦め、付け足した。

「まあ、こじつけでございましょう」

秀吉は、ふん、と鼻を鳴らした。

「余程その気になって見ねば、鷹には見えんな」

秀吉は、改めて城を睨む。山の稜線に沿って延びる、石垣や土塁、木の柵がよく見え、並んだ旗指物と、その間に配された城兵たちの頭もちらちらと覗いている。鉄砲で撃てば届きそうだが、無論、それほど近いわけではない。

城は正しくは青野城と言い、一帯を領する鶴岡氏の居城であった。現在の当主、鶴岡式部大丞景安は毛利方に与しており、これから播磨全体を支配下に置き、毛利攻めにかかろうとする織田家にとっては、早いうちに落としておかねばならない城である。まして今は、去年師走初めに落とした美作との国境に近い上月城が、これを奪い返さんとする毛利の大軍に囲まれている情勢なのだ。

「鶴岡式部めは、どう出るか」

秀吉は、城を見据えたまま言った。

「今のところは、まだ動きがありませぬ」

半兵衛が答えると、秀吉は「さもあろう」と頷いた。

「さりとて、時はそれほどかけられにゃあで」

お国言葉の交ざった呟きを口にすると、秀吉の顔が険しくなった。上月城が落ちて、小早川隆景と吉川元春が率いる毛利勢が西播磨になだれ込むことになれば、秀吉は軍を転じ、直ちにこれに当たらねばならなくなる。背後を脅かされぬよう、青野城は何としても押さえたい。秀吉は振り向いて小姓に命じた。

「茂助を呼べ」

小姓は「はっ」と一礼し、本陣に駆け下りた。半兵衛は身を寄せて聞いた。

「仕掛けまするか」

「まずは最初の一手じゃ」

軍議は、既に終えている。後は、どういう順序で手を打っていくか、だった。

がさがさと音がして、髭面のいかつい武将が現れ、秀吉の前で膝をついた。

「御大将、お呼びで」

「うむ。明早朝、仕掛ける。大手門じゃ。先手を任せる」

指図を受けた茂助こと堀尾吉晴は、満面の笑みになった。

「有難き幸せ。必ずや、城門を打ち破ってご覧に入れまする」

秀吉は、笑う。

「慌てるな。総攻めをしようというのではない。まずは、門を叩くのじゃ」

「はあ？」

茂助が困惑顔になったので、半兵衛が助け舟を出した。

「向こうの出方を見るため、一度押してみる、ということじゃ」

「ああ、なるほど」

茂助は力が抜けたようになった。

「押して引く、と。それはわかりましたが、もし城門が破れるようなら、如何します。そのまま討ち入って、よろしゅうござるか」

「やめておけ。半端なやり方では、逆に相手の術中に陥る。鶴岡式部は、それほど甘い相手ではない」

「は……」

茂助はやや不満そうだ。功名一番を狙うのは当然と言えるが、馬鹿正直に大手から攻めても、容易なことで落ちる城ではない。半兵衛は窘めるように告げた。

「堀尾殿。一度押し込んで、相手がどう動くか、それが見たいのじゃ。その上で、打つ手は幾つも用意してある」

茂助は、良く言えば勇猛果敢。悪く言えば、猪突猛進の武将だ。小細工を弄さないので、取り敢えず正面から打ちかかることが必要なときには、役に立つ。

「総攻めの折には、先鋒をつとめよ。だが明日は、余計な動きは無用じゃ。良いな」

秀吉が先鋒を約すると、茂助の表情はまた明るくなった。

「畏まりました」

「じゃが、一つだけやってもらいたいことがある」

秀吉は、半兵衛に目で合図した。半兵衛は承知し、茂助に何をやるか、伝えた。

「ふむ……承知仕りました」

「お前の手勢に、二百ほど加えてやる。総勢五百で、かかれ」

「お任せを」

茂助は胸を張り、一礼して本陣に戻った。

「我らも戻るか」

秀吉は軍扇を帯に差し、斜面を下り始めた。半兵衛も、その後に従った。

「これで、うまく運ぶか」

本陣に下りると、秀吉は半兵衛を振り返り、小声で言った。

「幾重にも、手配りはいたしておりますゆえ」

秀吉は、ニヤリとする。

「さすが半兵衛じゃな」

「畏れ入ります る」

秀吉は上機嫌な風で半兵衛に軽く手を振り、陣幕の内に入った。休憩するようだ。半兵衛はその場を離れ、人目のないところに行くと、大きく溜息を吐いた。

ほんの少しの上り下りをしただけなのに、体が重い。

急に胸がつかえた気がして、咳き込んだ。思わず、口に当てた手を開いてみる。

血痰などは、出ていなかった。安堵はしたものの、自分の体は間違いなく衰えている。

（長生きは、できぬな）

半兵衛は陣幕を振り返った。ただならぬ魅力と才を持つ御仁と見込み、秀吉に仕えて八年。できる限りのことはやってきた。だが、この播磨が自らの最後の地となるやも知れぬ。そんな予感がしていた。

ふと人の気配がして、顔を上げた。一人の武将と目が合った。黒田官兵衛孝高。播磨の土豪の出で、三年ほど前に当時の主君であった小寺加賀守と共に信長公に帰順した。今は居城であった姫路城を秀吉に譲り、その麾下に入っている。相当な切れ者、と半兵衛も承知している男だ。

官兵衛は半兵衛に頭を下げてから、陣幕の内へと入っていった。官兵衛は播磨の出であることを生かし、伝手を使って様々に調略を巡らせているようだ。それについては、半兵衛も詳細までは聞いていない。

代替わりが近付いているな。半兵衛はそう思って小さく笑みを浮かべた。陣幕の横、木々の間から青野城が姿を覗かせている。半兵衛は改めて、鷹とも言われる城を見やった。これが最後の仕事、とまでは思わない。とにかく今は、存分に働く。天下統一への道のりが、また一歩だけ進むのだ。それを本望とすれば良かろう。

狐たちの城

一

　その男は、まっしぐらに駆けていた。闇雲に逃げているのか、何か当てがあるのか、それはわからない。しかし、もう顔も名も割れている以上、幾ら逃げても追手はかかる。

「待ちやがれ、こん畜生ッ」

　南町奉行所定廻り同心、瀬波新九郎は、男の背中に大声で叫んだ。無論、男に怯む様子はない。

「逃げられねえぞ、いい加減で神妙にしろ」

　息が上がりそうになる中、また叫んだ。このまま行けば、寛永寺の裏手を通って不忍池のほとりに出る。その先は、武家屋敷ばかりだ。中山道まで逃げるのは、さすがに無理だろう。やはり、何も考えずにただ逃げているのだ。

（諦めの悪い野郎だ）

新九郎は、腹立たしくて仕方なかった。逃げている男は、松次。下谷で左官の職人をしていたが、博打で身を持ち崩し、遊び人になっていた。それが、盗みに入った家でたまたま出先から帰ってきた主人と鉢合わせ、思わず匕首で刺し殺してしまったのだ。

松次は金を盗って逃げたが、斜向かいの家の家人に見られていた。人相背恰好から当たりをつけ、岡っ引きたちに聞き込みをさせると、三日も経たないうちに松次が浮かび上がった。神田花房町の長屋に踏み込んだとき、松次はいなかった。が、長屋に帰ってくる途中で新九郎ら捕り方に出くわし、そのまま身を翻して逃げたのである。

松次は、寛永寺の裏手にある茂みの中に飛び込んだ。新九郎は辛うじてその姿を捉え、茂みに入ろうとして一度、振り返った。配下の岡っ引きや捕り方は、だいぶ遅れている。松次が茂みに入ったのも、見えていないはずだ。が、連中が追い付くのを待っていては、逃げられてしまう。

新九郎は舌打ちして、茂みをかき分けた。道はないが、土塀に沿って歩けるだけの幅はある。左手は、二階建ての屋根より少し高い崖になっていた。下生えや雑木が邪魔をして進みにくいが、それは松次とて同じだろう。

間もなく、松次の背中が見えた。立ち止まっている。新九郎は、してやったりとほくそ笑んだ。その先は途切れて落ち込んでおり、もう進めないのだ。

「おう、どうしたい。もう行き止まりか」

声をかけると、松次が振り向いた。無精髭に覆われた顔が、青ざめている。

「ち……畜生ッ」

松次は歯軋りし、懐に手を入れかけた。そこではっとして、手を止めた。匕首を出そうとしたようだが、殺しに使った匕首は捨ててしまっていたのだろう。松次は慌てて後ろを見る。崖は飛び降りられない高さではないが、怪我せずに済ませるには、鳶職並みの技量が要る。松次には、そんな技も度胸もあるまい。

「ここまでだ。観念しな」

新九郎は十手を突きつけ、一歩踏み出した。松次の顔に脅えが走る。

その時だった。足元が沈み込むような感覚が伝わり、新九郎は思わず立ち止まった。目の前の松次にも、惑いが浮かぶ。続いて、地面が左右にぶれた。

(くそっ、地震だ)

手を伸ばし、木の太い枝を摑もうとした。が、届かないうちに土が割れた。立っていた場所が、大きく落ち込む。崖が崩れたのだ。

　松次が悲鳴を上げ、仰向けに落ちていった。ほとんど間を置かず、新九郎自身も土の塊と一緒に前にのめった。摑まろうとした木が、根元から新九郎のすぐ横に倒れ込んできた。下敷きになる、と思った刹那、頭と背が激しく地面にぶつかった。新九郎の視野が、真っ暗になった。

烏が鳴いている。初めに感じたのは、それだった。あの世の地獄に導くという、烏か。背中が痛む。妙だ。あの世に行ったなら、痛みなどないはずだが。うっすら、目を開けてみた。空が見える。烏が二羽、舞っていた。どうやら、あの世ではなさそうだ。新九郎は、そうっと腕を動かした。差し障りなく、普通に動いた。足もちゃんと動く。大した怪我はしていないらしい。

腕を突っ張り、ゆっくり体を起こした。崩れた土と倒れた木が、体の両側に盛り上がっていた。やれやれ、どのくらい気を失っていたのか。

周りをさっと見回す。一緒に落ちたはずの松次の姿は、見えなかった。

（逃げられちまったか。まったく、間が悪過ぎるぜ）

まさか地震のために逃げられるとは。間違いなく、崖の上に追い詰めたというのに。新九郎は頭を振り、崩れた崖の上を見やった。そして、首を傾げた。

上にあったはずの、寛永寺裏の土塀が見えない。代わりに、半分崩れた斜面が、ずっと上の方まで続いていた。小高い山のようだ。しかし、ここにそんな山などないはずだが。

新九郎は立ち上がり、落ちていた十手を拾い上げると帯に差し、周囲を改めて見た。そして、目を見張った。

寛永寺裏で落ちたのだから、そこには松平伊豆守の屋敷の前を通って護国院に抜ける道が通じ、その向こうは不忍池であるはずだ。だが、目の前には畦道しかなく、その先には刈り取られたままでまだ耕されていない田んぼが、向こうの山裾まで広がっていた。背後に目を戻すと、下谷界隈の家並みが見える方角には、木々に覆われた山の斜面が続いているだけだった。人家らしいものは、一軒も見えない。そればかりか、人の姿もなかった。

「いったいどうなってんだ。ここはどこだ」

思わず、声に出していた。新九郎の立っているのは、どう見ても江戸市中ではない、どこかの山沿いの田舎の村であった。

（とにかく、帰らにゃあならねえ）

呆然とただ突っ立っていても、何の役にも立たない。どうしてこんなところへ来たのかはともかく、江戸へ帰る道を見つけなければ。新九郎は取り敢えず、開けている方を目指して歩き出した。

二、三町（約二一八～三二七メートル）歩いてみたが、風景は変わらない。放り出されたような田畑があるだけで、百姓の姿はどこにも見えない。何とも妙だった。今は如月で、田を耕し始める時期だ。ただの一人も田畑に出ていない、というのは解せなかった。まるで村人が根こそぎ消えてしまったかのようだ。新九郎は、背筋がうすら寒くなるのを感じた。

さらに一町（約一〇九メートル）余り進んで、山裾を回り込んだ。そこで新九郎はぎょっとして歩みを止めた。異様なものが遠くに見えたのだ。

彼方の山裾から山の上にかけて、ずらりと旗指物が並び、夥しい人数が山肌と田畑を埋めていた。陣幕が巡らされたところもある。小さく見えるその人々は皆、鎧をまとっているようだった。馬のいななきも聞こえてきた。

（こりゃあ、何事だ。まるで戦じゃねえか）

泰平の世に暮らす新九郎にとっては、絵草子や黄表紙でしか出合うことのない光景だった。何千という軍勢が、陣を敷いているのだ。いったいどこの大名が、これだけの兵を並べたのか。馬揃えなどの見世物ではない。調練にしては規模が大き過ぎる。旗指物を遠目に見ても、印されている家紋がどこのものか、よくわからなかった。

このまま歩いて行けば、あの陣の中に踏み込んでしまう。それはどうも、良くないことに思えた。新九郎は、そっと後ずさり、踵を返した。反対の方角へ行くしかないようだ。

さっきまで倒れていた場所を通り過ぎ、さらに何町か進んだ。そこで、はっとした。目の先に、焼けて折れた木が一本、立っていた。静かに近寄ってみる。四角く平らになった場所に、焼け焦げた材木が散らばっていた。竈の跡らしきものもある。家か何かの、焼け跡だ。見たところ、焼けてから何日も経ってはいないようだった。そこに立って遠くを見ると、さらに三か所ほど、同じような焼け跡があるらしいのがわかった。新九郎は、顔を顰めた。

（あの軍勢の仕業なのか）

単なる火事ではない。軍勢が、この辺の村を焼き払った、としか思えなかった。新九郎は、ぞっとした。戦などないはずの世で、この有様。もしや、どこかの雄藩が幕府に弓引いたのか。だとすれば、とんでもない大事だ。

さらにもう少し、先に進んだ。周囲に気を付けていたが、やはり人の気配はない。この村に住んでいた者たちは、どうなったのだろうか。まさか皆殺し、ということはないだろう。近くに隠れている様子もない以上、遠くに逃げ去ったのか。

（酷えことをしやがる）

新九郎は、一人で憤った。こんな無法がまかり通るものか。戦国の世でもあるまいに。

ふいに、背後の山の上の方で、がさがさっと音がした。新九郎は、ぎくりとした。振り向いたが、木の葉陰で何も見えない。獣か、と思ったが、それきり音はしなかった。やれやれ、と肩の力を抜くと、再び木の枝をかき分けるような物音がした。今度は前より遠いが、一匹ではない。不穏なものを感じた新九郎は、辺りを見回した。田んぼの境目に、大きな岩がある。開墾したとき、どかされずに残ったものだろう。岩の裏側の地面は、窪みになっている。取り敢えずそこに隠れることにして、新九郎は身を潜めた。

しばらく息を殺していると、斜面から何かが転がり落ちてきた。驚いて目を凝らす。それはひどく汚れた着物を着た、一人の男だった。が、新九郎が驚いたのはそれだけではない。男は明らかに刀で斬られ、深傷を負っていた。

助けなければ。八丁堀同心としての役目が、新九郎を動かそうとした。が、動くことはできなかった。何かが、いや、あまりにも多くが常と異なっていた。あの男も、追剥や喧嘩相手に襲われた、ただの怪我人ではあるまい。

新九郎は動けぬまま、様子を見守った。すると、時を置かずに斜面から四人の男が駆け下りてきた。いずれも、胴丸を着けた具足姿だ。頭には兜ではなく、鉢巻を巻いている。武士ではあるが、さほど身分のある者ではなさそうだった。

「くそっ、確かに落ちたはずだ」

一人が髭面の口元を歪めて言った。何とも腹立たしげな形相だ。

「捜せ！」

髭面が叫ぶと、他の三人が周りに散った。こいつが大将らしい。さっき転がり落ちてきた男を、捜しているのに相違なかった。とすれば、あの刀傷を付けたのはこいつらだろう。危ないな、と思って見返すと、怪我をした男の姿はどこにも見えなかった。新九郎は、少なからず驚いた。四人組に気を取られたとはいえ、そんなに長い間、目を離してはいない。あの男は、走って逃げられるような傷ではなかったはずなのに。

いや、怪我人の心配をしている場合ではない。自分も見つかれば、かなり厄介なことになりそうだ。四人のうち三人は抜き身の刀を提げており、一人は槍を持っていた。だが、幸いなことに四人は新九郎の方に近付く素振りを見せなかった。深傷を負わせたことを考え、遠くへ動けぬと見て山裾を捜しているようだ。

「組頭！」

一人が、大声で髭面を呼んだ。そちらに目を向けると、その男は地面を指差している。さらに目を凝らすと、それは小さな池であるようだった。水面に落ち葉が積もっているので、それまで気付かなかったのだ。

組頭と呼ばれた髭面は、池の縁まで来てニヤリとした。どうやらこの連中、どこかの足軽らしい。組頭は、槍を持った足軽に顎をしゃくった。槍足軽は頷き、池の縁に立つと槍を振り上げ、水面を刺した。池の中にさっきの男が隠れたと考え、串刺しにしようとしているのだ。

まずい、と新九郎は呻いた。遠くへ行けない以上、あの男が隠れることができた場所は、その池しかなさそうだ。足軽たちの目は、節穴ではない。水溜まりに毛の生えた程度の池だ。一本の槍でも何度も突けば、いずれあの男に刺さるだろう。

だが、そうはならなかった。二十回以上も突いてから、槍足軽は手を止め、首を横に振った。

「おらぬか」

組頭は、吐き捨てるように言った。

「あの傷で、遠くには行けん。我らがこの池に気を取られている間に、反対側へ行きおったか」

組頭はいかにも口惜しそうに言うと、配下の三人にさっさと向こうを捜せ、と下知した。三人の足軽は、弾かれたように走り出した。

組頭が足軽たちを追って行ってしまうと、新九郎は岩の陰から身を起こした。やれやれ助かった、と首筋を叩く。わけがわからないが、足軽たちは何としてもあの男を捕らえるか、始末したいようだ。それにしても、あいつはどこに消えたのか。

そう思って池の方を見たとき、池の脇に積もっている落ち葉が、もぞもぞと動いた。

（そんなところにいたのか）

新九郎は岩陰を飛び出し、落ち葉の山に駆け寄ると、積もった葉っぱを両手で払いのけた。薄汚れ、頬かむりをした男の顔が現れた。

「おい、お前さん、大丈夫か」

声をかけると、男は訝しげに新九郎を見つめた。それから、敵ではないと判じたのだろう。ゆっくりと落ち葉の下から手を出した。新九郎はその手を摑み、男を引き上げた。

「奴ら、行ったか」

男は、しわがれた声で言った。顔を見ると、まだ若い。声が嗄れているのは、怪我のせいだろう。

「足軽連中は、あんたがあっちへ逃げたと思って行っちまった」

新九郎が足軽の向かった方向を指差すと、男の顔に安堵が浮かんだ。

「あんたは……何者だ」

「俺は……」

南町奉行所の、と言いかけて、新九郎は思いとどまった。何故か、奉行所の名を口にするのはこの場にふさわしくない、と思えたからだ。

「江戸の者だ」

それだけ言った。それでも十手を帯に差した姿から、見る者が見れば奉行所同心とわかるだろうが。

「江戸？」

男の顔に、困惑が表れた。これには新九郎の方が驚いた。まるで、江戸など聞いたことがないかのようだ。もう一度言い直そうとしたとき、男が咳き込んだ。口から、どっと血が溢（あふ）れる。やはり、かなりの深傷なのだ。

「おい、あまり喋（しゃべ）るな。医者に見せる」

それを聞いた男が、苦笑のようなものを浮かべた。

「この辺りに、医者などいるものか。それに、もう医者ではどうにもならぬ」

息が続かなくなってきたようで、語尾が消えた。

「あんたは、誰だ」

そう聞いてみたが、答えはなかった。代わりに、男の方が確かめるように聞いてきた。

「織田方の者では、なさそうだな」

オダガタ、が何を意味するのかすぐにはわからなかったので、「ああ、違う」

とだけはっきりと言った。男は、その答えに満足したようだ。震える手を懐に入れると、何かの包みを引っ張り出した。それだけのことに、渾身の力が必要だったらしい。包みを新九郎に渡すと、腕が落ちた。

「何だこいつは」

包みには、折り畳んだ書状が入っているようだった。

「それを、頼む。青野城へ」

「青野城？　どこだ、それは」

新九郎の言葉に、男は少し驚いたようだ。青野城を知らぬなど、信じ難いというように。

「この向こうだ」

男は、背後の山を指した。それで新九郎も思い当たった。さっき見た、あの大軍。あれはその青野城とやらを攻めようとして、陣を構えているのに違いない。そんなところへ、のこのこと出て行けるものか。

「間道がある」

抜け道か。

新九郎の表情から、胸の内を読んだらしい。男が、書状の包みを指して言った。

「絵図が、中に」

新九郎は紙包みを開いた。中に、畳んで油紙に包まれた書状と、もう一枚小さな紙が入っていた。小さな方を広げると、確かに絵図になっている。

「帯の裏に、使者の印がある。持って行けば、城に入れる」

絵図に見入る新九郎に、男がさらに告げた。言葉は不明瞭になり、息はひどく苦しそうだったが、辛うじて聞き取れた。新九郎は頷き、男の帯を引っ張って裏返した。何か、紋章のようなものを描いた布切れが、縫い付けられている。これが城への通行手形というわけか。

新九郎は手に力を込め、印の付いた布切れを引きちぎった。男は、ほっと息をついて笑みを見せた。

「頼む」

男は、新九郎の手を握ろうとした。だが、もはやその力はなかった。男の顔から生気が抜け、やがて息が絶えた。新九郎は男の手を胸の上に戻し、合掌した。

（さて、どうしたものか）

新九郎は男の目を閉じてやってから、書状と絵図を手にして立ち上がった。使者の印とやらは、懐にしまった。人を捜して呼び、寺へ運んで埋葬してやりたいところだが、どうもそんなことができそうな様子ではない。ぐずぐずしていると、あの足軽たちが戻ってくるだろう。そうなると厄介だ。

（青野城とやらへ、行くしかないな）

新九郎は、肚を決めた。どのみち、他にできることは何もない。あの男の最期の頼みを、引き受けてやるとしよう。それに、城へ行けば、ここがどういう場所で何が起きているのか、江戸へ帰るにはどうすればいいのか、わかるのではないだろうか。

新九郎は、せめてこのくらいは、と男の亡骸を落ち葉の下に隠し、改めて絵図を見た。かなり大雑把だ。それでも何とか、軍勢の布陣している方向と山の配置の具合から見当をつけ、こちらだろうと思う山の中へと分け入った。

二

間道とは、文字通り獣道だった。間道である以上、見てすぐわかるようなものではあるまい、と思ったが、やはりそうだ。絵図は頼りなく、ほとんどは勘で行くしかない。江戸の町歩きにしか使っていない雪駄では、ひどく歩き難かった。

迷ったらどうするか、と考えてみたものの、自分がどこにいるのかもわからないのに、迷う心配をしても始まらない。勘に従って、下生えを踏み分けて歩き続けた。

四半刻（約三〇分）ほども経ったかと思う頃、雑木の間から道が見えた。それは間道などではなく、城へ向かう真っ当な道のようだ。少し逡巡したが、当てもなく進むよりましだ、と思ってその道に入った。

すると、十間（約一八メートル）も行かないうちに、道の両側から飛び出してきた具足姿の兵に囲まれた。舌打ちし、足を止めて兵たちを見る。人数は五人。皆、手にした槍をこちらに突きつけていた。かなり剣呑だ。後ろにもう一人、刀を構えているのが組頭らしい。

「何者だ、お前は」

組頭が、新九郎を上から下まで、穴が空くほど見つめてから言った。

「何だ、その恰好は。どこから来た」

呆れたような声だ。新九郎は自分の着物に目を落とした。泥の付いた黒の紋付羽織に、着流し。目の前の連中からすれば、甚だしく場違いだろう。

「いや、俺はその……」

答えようとしたが、答えようがないのに気付いた。戦支度を調えた城の前で、奉行所同心などと名乗っても通用するまい。さっきと同様、江戸の者だ、と言うか。いや、あの男は、まるで江戸のことを知らないようだった。どうもおかしい。全てがおかしい。

答えがないのに苛立ったか、組頭の顔はますます険悪になった。今にも足軽どもに「討ち取れ」と指図しそうだ。そこで、さっき死んだ男から預かった印を思い出した。

「青野城の者か」

念のため、確かめた。万が一、さっきの男を殺した連中の仲間だったらまずい。

「無論だ」

組頭が言った。そこで新九郎は、懐から印の付いた布切れを出し、相手に示した。

「青野城へ届けるものを持っている。案内しろ」

こちらの正体が相手にわからない場合、下手に出るより居丈高に振る舞った方がいい、ということは経験上知っている。新九郎は、槍など屁でもない、というように胸を反らせた。

効き目はあったようだ。組頭は、新九郎の突き出した印を見て、眉間に皺を寄せた。何の印かわからないらしい。この印は、組頭程度の下っ端では識別できないのだ。

「どこから来た」

組頭が問うた。が、新九郎は何と答えるべきかわからない。

「城へ行って、渡すべきものを見れば自ずとわかる」

お前如き軽輩が、知るべき話ではない。そう聞こえるように言ってやった。組頭は、まだしばらく迷っていたが、とうとう「ついて参れ」と言って、新九郎に背を向けた。新九郎は安堵の溜息を吐きそうになったが我慢し、胸を反らせた横柄な態度を崩さずに、組頭に従った。足軽たちは、槍を構えたまま、後ろからついてきた。

道が左に曲がると、そのすぐ先に木々に囲まれた門があった。両側に石垣。その上には木柵が組まれ、楯が並んでいる。楯の後ろに、槍の穂先が見えた。青野城の城門に違いない。思ったより狭いのと、構えが簡素なところを見ると、搦手門だろう。

「香川様！」

組頭が城門の前で立ち止まり、呼ばわった。その声を聞いて、数人の侍が城門の櫓に出てきた。真ん中の一人は、丸々として下腹が大きくせり出し、鎧の上に陣羽織を着ていた。組頭より、だいぶ位が上のようだ。香川というのは、この男だろう。

「何事か」

香川が言い、新九郎の姿を見て眉を上げ、指差した。

「こ奴は何者じゃ」

「今しがた、道で捕らえました。間道を通って来たようです。城に届ける物があると申しております」

組頭が答えた。香川は怪訝そうな表情を浮かべ、櫓から下りて新九郎の前に立った。そして、遠慮会釈もなく、疑いも露わな眼差しを頭から爪先まで浴びせてきた。

「何とも、珍妙な出で立ちじゃな」

呆れたような、馬鹿にしたような言い方だ。多少汚れてはいるが、珍妙などと言われる筋合いはない。しかし、新九郎がそこで気付いて見回すと、周りの侍たちは皆、茶せん髷を結っていた。今どきこのような髷を結うとは、どういう趣味なのか。この中に入れば、自分の容姿の方が珍妙に見えるのは、致し方ない。

「それで、どこから来た。何を持って来たのじゃ」

当惑していると、香川が尋ねた。新九郎は、おもむろに懐から例の印を出し、香川に示した。香川の顔が、さっと緊張した。

「相わかった。こちらへ参れ」

香川は城門の内を手で示し、ついて来いと新九郎に合図した。香川は振り向いて組頭に「持ち場に戻れ」と指図すると、奥へ向かって歩き始めた。

「青野城の足軽大将を務める、香川助右ヱ門じゃ」

歩きながら、香川が名乗った。

「瀬波新九郎です」

名乗りを返すと、香川が頷いた。

「どちらの家中かな」

探りを入れるような聞き方だ、と新九郎は思う。さっき印を見て、その意味がわかったはずだ。であれば、どこから来た者かの見当はついているだろう。敢えて聞くのは、こちらを試しているのか。

「まずは、届け物をご覧になってから」

迂闊に返事はできないと思い、そう逃げた。香川は眉を顰めたが、「左様か」と言って、それ以上聞いてこなかった。二人は無言のまま、城内を進んだ。

搦手門を入ってすぐ次の門があり、その先の一帯は、木柵で囲まれた広場になっていた。広場と言っても、幾つも小屋掛けがされ、具足を着けた大勢の城兵がたむろしているので、狭苦しい。何か所か、煮炊きの煙が上がっている。脇を通るとき、ちらりと小屋を覗いた。具足を脱いで小袖姿になった兵が何人か、寝そべっていた。

(どうも、まだ本番の戦は始まっていないようだな)

備えは厳重だが、さほどの緊張は伝わってこなかった。長期の籠城戦に備えているのだろうか。

日の向きから考えると、搦手門は城の北に向いているようだ。東側には石段と門があり、一段上の曲輪に通じていた。香川はその門を抜けて進んでいく。足取りは、だいぶ速い。新九郎にゆっくり城内を見る余裕を与えないつもりだろうか。

上の曲輪は、下のそれよりやや広いように見えた。建てられている小屋も、ずっと頑丈であった。ここにも、百人以上の兵が詰めている。背中に兵たちの視線を感じた。何者が来たのか、と言うより、新九郎の恰好自体が珍しいのだろう。如月の寒空の下というのに、汗が出そうだ。

正面には、石垣が聳えている。高さは、三十尺（約九メートル）ほどもあろうか。この上が、本丸なのだろう。とすると、ここは二の丸か。しかし、天守閣はどこにも見えなかった。香川は石垣の下を、真っ直ぐ歩いて行く。その先には、また門があった。そこには番兵が立っていた。香川が通る際、礼をしたが、新九郎には驚いたような好奇の目を向けた。

今度の曲輪は、さっきの曲輪との段差がごく小さい。ここも二の丸なのだろうか。こちら側には、きちんと建てられた長屋風の屋敷が二棟、あった。侍屋敷と思われた。戸はみんな、開けてある。見たところ、畳敷きの部屋などはなく、全て板敷きだった。ずいぶん質素だな、と新九郎は思った。

左手を見ると、本丸から突き出たような部分があった。その上に、二層の櫓が見える。天守のような立派なものではなく、木組みの塔のようだ。物見櫓、というところか。どうやら実戦に向いた城のようだ。こんな城は、近頃では見たことも聞いたこともなかった。

香川は、長屋風の屋敷の一番奥で足を止め、中に向かって声をかけた。

「杉浦様。よろしゅうございますか」

屋敷の中から、「入れ」という返事が聞こえた。香川が振り返り、手招きした。

「毛利の使者が参っております」

香川が奥に告げる声が聞こえた。一瞬、何の話かと思ったが、すぐに「毛利の使者」が自分を指すことに思い至った。あの布切れの印は、それを表す証しだったのだ。

（しかし、毛利とはどういうこった）

毛利と言えば、長州萩三十六万九千石の大大名である。江戸の上屋敷は、日比谷濠の前だ。その毛利家が、この妙な戦のどこに絡んでいるのか。

「何をしている。入れ」

香川に促され、考えを止めて屋敷に入った。もうこうなれば、成り行きに任せるしかない。預かった書状を読むことができたら、もっといろいろわかるとは思うのだが。

香川が屋敷の板敷きに上がったので、新九郎もそれに倣い、下座に座った。奥に対峙するのは四十前後と見える、痩せてはいるが押し出しのいい侍だ。具足は着けず、薄茶の小袖を着ている。いや、小袖ではない。直垂か。でもないな。もう少し簡素な素襖とかいうやつか。いずれも当世ではまず見なくなった姿だ。髷はやはり、茶せん髷だった。

「重臣の、杉浦兵庫様じゃ」

香川が屋敷の主であるらしい侍の名を告げた。新九郎は、平伏する。

「瀬波新九郎と申します」

杉浦が鷹揚に頷く。

「ご苦労であった。見せてもらおう」

前置きも何も、一切抜きか。ずいぶん無愛想かつ性急だが、戦の最中、と考えれば当然かもしれない。新九郎は懐から預かった書状を出し、床に置いて差し出した。香川が受け取る。が、それを杉浦に渡す前に、香川は妙な顔をして新九郎を見た。

「そなた、何故そのような変な座り方をしておるのじゃ」

何のことだ、と思って自分の足元を見る。きちんと正座しているのだが。が、よくよく見ると、杉浦も香川も胡坐をかいて座っていた。確かに、畳と違って板敷きの上では、正座すると膝が痛い。新九郎は二人に合わせ、正座を解いて胡坐をかいた。香川は首を傾げつつ、改めて杉浦に書状を手渡した。

杉浦は、書状をさっと広げた。新九郎の方からは書かれていることは見えない。だが、紙の裏からでも花押があるのが透けて見えた。これはやはり、かなり大事な書状らしい。あの男が命を賭したほどのものだ。毛利家は、この城にいったい何を伝えてきたのだろう。

杉浦の目が、書かれた文字に沿って動いている。新九郎は、せめて反応だけでも知りたいと、その動きを懸命に追った。すると、次第に杉浦の表情が明るくなった。これは、ずいぶんと良い知らせのようだ。

「良いお知らせでございますか」

香川も同様に感じたらしく、杉浦に聞いた。杉浦は大きく頷くと、書状を丁寧に畳んだ。

「これはすぐ、殿にお知らせいたさねばならん。行くぞ」

杉浦は書状を持って立ち上がった。城主のところへ行くようだ。香川も立ち上がる。新九郎は、どうしたものかと動けずにいたが、思いがけず杉浦の方から声をかけられた。

「そなたも、来られよ」

「ははっ」

これは幸いだ。杉浦が城主に書状のことを申し上げるなら、その場で中身のことも耳にできるだろう。いや待て、自分のことについて聞かれたらどうする。城主の前となれば、誤魔化しも先送りもできまい。正直に奉行所の者だと言うか。だが、それが吉か凶か、わからない。であれば何と……。

（ええい、ままよ）

新九郎は考えるのを諦め、杉浦と香川について本丸に向かった。

本丸の建物は、大屋根の檜造りが一棟、それに鉤形に繋がる形で、やや低い屋根の建物が一棟という造りであった。いずれも平屋で、二層以上の高さのある建物は、本丸横の物見櫓だけのようだ。大きな城ではない、というのは間違いないにしても、新九郎の頭にある「城」とはかなりかけ離れた設えだ。

杉浦と香川は、縁先から大屋根の建物に入った。部屋の戸は全て板戸か障子で、襖などはない。今は全て、開け放たれている。三人は廊下を進み、奥の広間に通った。小姓らしい若侍が、応対に出てきた。

「殿に、大事なお知らせじゃ。毛利から書状が届いた」

小姓は、さっと一礼すると奥へ戻った。この建物に繋がる低い屋根の建物が、城主一族の住まいであるらしい。

三人は、広間で座って待った。そのうちに、杉浦と同じような装束（しょうぞく）の侍が、何人か入って来て座った。この城の重臣たちなのだろう。屋敷内でも脇差だけでなく大刀を帯びている。戦に備えてのことであろうか。そのいずれもが、新九郎に奇異なものでも見るような目を向けてきた。もう慣れてきた新九郎は、その知らぬ顔を通した。

やがて、奥から廊下を急ぐ足音が聞こえてきた。広間に座った一同が、深く頭を下げる。城主のお出ましらしい。新九郎も周りを見ながら、頭をぐっと下げた。

上座に誰か座る気配がし、「面（おもて）を上げよ」との声が聞こえた。そっと頭を上げ、声の主を見る。杉浦と同じくらいの年恰好の、青い直垂を着た人物が座っていた。武骨（ぶこつ）ではあるが、どこか品のある顔立ちだ。杉浦や香川と比べると、生まれつき城主としての貫禄が備わっているように思えた。その目が、新九郎に向けられた。が、無遠慮にじっと見つめるようなことはなく、すぐに杉浦の方に向き直った。

「毛利から書状か」

「は。こちらに」

杉浦が恭（うやうや）しく差し出すのを受け取り、城主が言った。

「その顔からすると、悪い知らせではないようじゃな」

「御意にございます。確かに、良い話で」

城主は頷き、書状を広げた。読むうち、城主の表情も杉浦同様、明るいものになった。

「皆、聞け。三木城の別所長治が、織田から離反するそうじゃ」

一同から、おう、という声が上がった。

「このこと、まだ織田方は知らぬわけですな」

重臣の一人が言うと、城主は「いかにも」と頷く。

「三木城が叛旗を翻すのを見たとき、向こうの山の猿めがどんな顔をするか、楽しみじゃ」

城主が、壁の向こうを指して言うと、皆が笑った。向こうの山の猿、とは、この城を囲んでいる攻め手のことだろう、ということは新九郎にもわかった。しかし、三木城がどうのという話は、何だ。皆の様子からすると、三木城は敵方に付いていたのが、裏切ってこちら側に付くことになったらしい。そもそも三木城とは、どこにあるのだろう。

「そこな使者殿」

城主が、いきなり末席にいる新九郎に向かって言った。新九郎は慌てて床に手をつく。

「はっ」

「長旅、ご苦労であった。言い遅れたが、儂が青野城城主、鶴岡式部大丞じゃ」

「御目通りいただき恐悦至極。瀬波新九郎にございます」

何とか無難な挨拶をした。が、それで終わらなかった。

「その服装は、何か理由があるのか」

やはり聞かれた。そう言われても、新九郎自身には変わった恰好をしているつもりがない。

「いささか、仔細がございまして」

そう言うにとどめた。鶴岡は一瞬、不得要領な顔をしたが、「左様か」とだけ応じた。代わって、年嵩の重臣の一人が口を開いた。

「山内主膳と申す。毛利家では、どなたの配下におられるのか」

新九郎は、困惑した。誰の配下と言われても、毛利の家臣に知り合いはいない。

「それは、この場では……」

口を濁すと、妙な顔をされた。まずい。だがそこで、鶴岡から思わぬ助けが入った。

「安国寺恵瓊殿、であろう」

誰だそりゃ。しかし、これに乗っかる以外にない。

「慧眼、畏れ入ります」

鶴岡が苦笑する。

「慧眼でも何でもない。書状には、安国寺殿の花押がある」

なんだ、そういうことか。新九郎は、曖昧に頷いておいた。

「そなたの服装だが、それではずいぶんと目立つ。密使の役目には真逆じゃ。だが、安国寺殿の配下とあれば、わからぬでもない。何か、深謀遠慮の策であろう。仔細は聞かぬ」

鶴岡の言葉に、重臣たちが頷き合った。香川でさえ、得心した顔をしている。ますますわけがわからないが、その安国寺なんとかという人物は、軍師か忍者の親玉か、相当な策士らしい。新九郎の与り知らぬところで、勝手に納得してもらえれば好都合である。余計なことは言わず、「畏れ入ってございます」とだけ口にした。

「殿、書状に加勢のことについては書かれておりませぬか」

有難いことに、話が変わった。鶴岡の顔を見ると、僅かに曇っていた。

「それには、触れておらぬ」

山内が、また新九郎に問いかけた。

「何か聞いておられぬか」

「いえ、何も」

他に言いようがない。山内が、残念そうに唸(うな)った。

「せめて三千でも、出してもらえれば……」

「泣き言を言っても始まらぬ。それに、攻め手は二万、こちらは千八百。三千がところ増えても、決め手にはならぬ」

痩せて小柄な、他の面々より若い重臣が言った。どこか小馬鹿にしたような響きがあり、山内が露骨に嫌な顔をした。

「左馬介(さまのすけ)。誰も、四千や五千で二万を追い散らそうなどと言ってはおらぬ。毛利の旗印を相手に示す。そのことが肝要(かんよう)なのじゃ」

「さりとて形勢はさほど変わらぬ。毛利の後ろ楯があることなど、織田も先刻承知。今さら旗印を示して、恐れ入るわけもない」

「そういうことではない。毛利がこの城を大事と見ていることを示すのじゃ。さすれば、三木城が兵を挙げたとき、羽柴筑前とて容易に動けまい」

「主膳殿の申される通りうまく運んだとしても、それまで籠城が保てるかどうか。そこにかかっておる。三木城の別所が、腹の内で何を目論んでいるのかも、わからぬ」

そこまで言われて、山内が気色ばんだ。どうもこの山内と左馬介と呼ばれた男とは、仲があまり良くないらしい。

「あくまで他に頼らず、我らのみで合戦すると申すか。それこそ蛮勇……」

「もうよい。それまで」

鶴岡が、言い争いになりそうなのを止めた。

「瀬波殿。しばらくこの城におるであろう」

鶴岡にそう声をかけられた。それについては何も考えていなかったが、江戸に帰るにはどうすればいいのかわからない以上、動きようがない。それに、下手に城外に出れば、攻め手の軍勢に見つかって面倒なことになりそうだ。

「そうさせていただければ」

鶴岡が頷く。その後を、杉浦が引き取った。

「しばし、二の丸の我が屋敷におられよ」

「有難きことにございます」

一同の目が、新九郎に注がれている。座を外せ、ということだろう。新九郎は立ち上がり、一礼して退出した。重臣たちは皆、残っている。軍議のようなものが始まるらしい。

新九郎は、縁先から庭に下りた。いや、庭と言えるのかどうか。飾り気は何もなく、小ぶりな松が数本、植わっているだけだ。愛でる、というより薪にするため植えている、とでも言うような素っ気なさだった。

(こんな城が、今の世にあるとは)

まるで、黄表紙で読む戦国の城のようだった。これは本当に現世なのか、という思いが、ますます強まってきた。

背後で、「えい、えい」という声がした。振り向くと、板塀の向こう側から聞こえている。塀の後ろは、城主一族の住まいらしい翼棟だ。興味を引かれ、塀の端から覗いてみた。

若い娘が、木刀を振っていた。額に白鉢巻、小袖にたすき掛けして、括り袴を着けている。長い黒髪は結わず、後ろで束ねていた。背後に、同じ恰好の女が二人、膝をついている。見たところ、姫と侍女、という趣だった。

　ぼうっと眺めていると、姫が気配に気付いた。木刀を振る手を止めてこちらを向き、新九郎を見て目を丸くした。すかさず侍女の一人が、姫を守るように前に走り出た。

「何者か！」

「あ、いや、怪しい者ではない」

　いや、充分に怪しいだろう、と我ながら嗤（わら）いそうになった。

「名乗らぬか」

「あー、瀬波新九郎と申す」

「重ねて聞く。何者じゃ」

　侍女は舌鋒（ぜっぽう）鋭く迫ってくる。使者だと言えばいいのだろうか。迷っていると、姫の表情が緩（ゆる）んだ。

「ははあ。さっき来られたという、風変わりな使者殿じゃな」

「は、左様で」

　それを聞いて、侍女たちも緊張を緩めた。姫は、侍女を押しのけるようにして前に出た。新九郎と、一間（約一・八メートル）足らずの間合いで向き合い、じろじろと眺めている。

新九郎も、姫を見返した。年の頃は十六、七か。品のある顔立ちだが、目を見張るような美女、というわけではない。目の光は強く、立ち居振る舞いからすると、だいぶ勝気そうだ。だが、尖(とが)っているだけではなく、不思議に引き込まれるような魅力が感じられた。

「ふうん。何とも奇妙な出で立ちじゃな」

姫は、一通り新九郎を値踏みし終えたようで、ふっと笑った。笑うと勝気さが消え、ぐっと愛らしくなる。新九郎は、少しどぎまぎした。

「失礼ながら、鶴岡様の姫君でございましょうか」

姫が頷いて答えた。

「奈津(なつ)じゃ」

奈津姫か。新九郎は改めて頭を下げた。

「毛利より参りました、瀬波新九郎でござる。お見知りおきを」

奈津姫は、うむ、と軽く応じて、いきなり新九郎の腰を指した。

「それは、十手とやらいうものか」

思わず腰に手を当てた。

「左様でございますが」

「ふむ。そういう道具を使う者は、初めて見た。戦で、どう使うのじゃ」

変なことを言う姫だ。十手を戦で使うなど、考えたこともない。だが、相手は真面目に聞いているようなので、十手を抜いて扱いを示した。

「刀で打ちかかられたら、このように防ぎ、撥ね上げます」

形を示して見せると、奈津姫は感心したような顔になった。

「なるほど、ようわかった。そなたのように、合戦よりも秘めたる動きに重きを置く者にとっては、有用じゃのう」

何だかわからないが、満足してくれたらしい。また笑みを浮かべた。

「しばらく、ここにおるのか」

「そのつもりですが」

「ならば、また会おう」

奈津姫はそれだけ言うと、さっと踵を返した。侍女たちは、まだ新九郎を疑うような目で見つつ姫と共に奥に向かった。新九郎は、ほうっと息を吐くと、奈津姫の後ろ姿をじっと見送った。

杉浦の屋敷に帰ると、老女が出てきて茶碗を出してくれた。杉浦の妻女かと思ったが、身なりからすると下女のようだ。入っていたのは、茶ではなく白湯だったが、有難く頂戴する。籠城戦に入ったところなのだ。食に関して贅沢は言えそうになかった。

一刻（約二時間）ばかり経って日が傾きかけた頃、杉浦が戻ってきた。軍議は終わったようだ。

「三木城のことは朗報じゃが、今すぐに形勢が変わるわけではない。当分は、根競べが続くな」

杉浦は新九郎と対座すると、そんなことを言った。やはり籠城は続くのだ。

「攻め手の将、羽柴筑前はまだ動きませんか」

さっき広間で山内が口にした敵将の名だが、どうも引っ掛かっていた。江戸にそんな大名の屋敷はないが、どこか覚えのある名だ。

「こちらがどう出るか、見極めようとしているようじゃな。成り上がり者ではあるが、小賢しく何かと策を弄してくる奴じゃ。この城にも、いろいろ仕掛けをしてくるであろう」

「仕掛け、でございますか」

調略か何かだろうか。しかし、成り上がり者というと……。

「三木城は、離反ということでございましたな」

「別所は、長く織田に従っておった」

織田か。そう言えば死んだあの男も、織田方ではないなと念を押すようだったが。

「離反の理由を、どう見ます」

「うむ。此度の播磨攻めの総大将のことであろう。織田方に従うなら、別所はその下に入らねばならぬ。別所は気位の高い男じゃ。草履取りから成り上がった羽柴筑前守秀吉などに上に立たれるのが、我慢ならなかったのであろう」

「なるほど」

あっさりと応じたが、頭は鑿を打ち込まれたほどの衝撃を受けていた。羽柴筑前守秀吉。思い出した。あの豊臣秀吉が、織田信長の武将だった頃の名ではないか。その秀吉が、向こうの山に陣を張っているだと？

「攻め手は、二万ということでしたな」

もっと聞き出さねばならない。疑われないようにうまく。

半刻（約一時間）ほども語らい、日は落ちて部屋に灯りが灯った。さっきの老女が、酒と飯を運んで来た。酒は濁り酒、飯は無論白米などではなく、麦、粟、稗などの混ざったものだ。菜は、干し魚の欠片と僅かな漬物だけ。飯があるだけ、まだましか。

「この家には、お一人で」

夜になっても、杉浦以外の家人の姿がないので、聞いてみた。

「妻は、四年ほど前に亡くした。倅どもは、大手口と西曲輪で守りに就いておる」

大手口と西曲輪がどこなのか、明確にはわからないが、この城は本丸を中心に、東西に幾つかの曲輪が延びているようだ。西曲輪というのは、搦手門を入ったところの広い部分だろう。

「瀬波殿は、お若いが幾つになられる」

酔いが回ってきたようで、杉浦がそんなことを尋ねた。新九郎の方は、酔って不用意なことを口にしないよう、充分に気を付けていた。

「二十五になります」

「ふむ。今が天正六年（一五七八年）だから、天文二十三年（一五五四年）の生まれか」

杉浦が指を折って数えた。新九郎は、手が震えかけるのを辛うじて抑えた。天正六年。関ヶ原より、ずっと前だ。実際に新九郎が生まれたのは、天明三年（一七八三年）だった。

（今は、俺のいる時代から二百年ほども前なのか）

そんな馬鹿なこと、あるはずがない。そう思いたかったが、目の前の杉浦も、この城も、向こうの山に陣取る羽柴勢も、全てが現実だった。新九郎はしばし呆然とし、杉浦の言葉も耳に入らなかった。

三

杉浦は、毎夜の見回りがあるとのことで、本丸に戻った。新九郎は床に就き、眠ろうとしたが、到底眠れない。仕方なく、新九郎はこれまでに聞いた話から、自分が置かれている立場を頭の中で組み立ててみた。さりげない会話の中から、知りたいことを引き出すという技は、奉行所勤めで身に付いている。

まず、ここは播磨の国。この青野城は毛利に味方している。この時代の毛利家は、長州萩どころではなく、周防から備中まで、中国路全てを領し、九州や播磨にまで伸びる強大な勢力を誇っている。畿内を手にし、近江の浅井と越前の朝倉を滅ぼした織田信長は、いよいよ本腰を入れて毛利攻めに取り掛かった。その総大将には羽柴筑前守秀吉が任ぜられ、今まさにこの城を囲んでいる。総勢二万という触れ込みだが、杉浦の見るところ、実数は一万二、三千ほどであろうとのこと。だがこちらの兵は千八百で、敵の七分の一である。

自分は毛利の重臣らしい安国寺恵瓊とやらが遣わした使者、となっており、ここでは粗略に扱われてはいない。が、自分はこの時代の毛利家について何も知らないので、ボロを出さないために細心の注意が必要だ。

(まあ、秀吉と喧嘩するのは吝かじゃない)

新九郎は徳川の臣の端くれだ。徳川の仇敵、豊臣家に味方するわけにはいかないので、今の立場は悪くはない。もっとも、東照神君家康公と豊臣が対峙するのは、まだ何十年も先の話であるが。

しかし、城攻めが始まったらどうすればいいか。甲冑などは借りられるかもしれないが、戦など経験はないし、どう振る舞えばいいのかもわからない。

どうしてこんなことになったのか。考えは、ぐるぐる回ってそこに戻ってくる。寛永寺裏で崖から落ちるまで、前兆は何一つなかった。

（何故、俺が）

幾ら考えても、思い当たる節はない。いや、それよりもっと重大なことがある。自分は、江戸に戻ることができるのか。それとも、一生この地で暮らすのか。いや、一生と言っても戦の最中だ。討ち死にすることも、充分に考えられた。

（だとすると、何のための討ち死にか）

まったくの無駄死にになるのではないか。それは願い下げだ。しかし、江戸に戻ろうとしてもその方策は、何一つ思い付かなかった。

（ええいもう、やってられねえ）

新九郎は、とうとう匙を投げた。じたばたしても仕方がない。もう何もかも、成り行きに任せるしかない。様々な考えを頭から追い出し、新九郎は無理矢理目を閉じた。

うとうとした、と思ったら、もう夜が明けていた。急いで起き上がってみると、枕元に畳んだ着物が置かれている。何だ、と手に取ったところで、板戸が開いて杉浦がこちらを見下ろした。居住まいを正して、一礼する。

「よう眠られたか」

「は、さすがに落ち着きませんで」

「左様か。そなた、着物は一つだけであろう」

「は」

もちろん、旅支度などあろうはずがない。

「それを着られよ。倅のものだが、構わぬ。あの着物でずっと過ごされるわけにもいくまい」

杉浦の言う通り、江戸の同心の恰好で歩き回っては、目立つことこの上ない。この申し出は有難かった。礼を述べ、広げてみると、芥子色の素襖と素襖袴である。袖を通してみたが、大きさはほぼ合っていた。髷ばかりは仕方がないが、これで多少は戦国の侍らしく見えるだろう。

汁をかけただけの飯を食い、杉浦と本丸に向かった。上士には素襖姿も見られるが、昨日も見た通り、足軽他の下士は皆、鎧を着けている。いかにも戦に備えている、という景色だった。

「まだしばらくは、始まらないようですな」

杉浦に話しかけてみる。

「向こうの陣の様子を見るに、今日明日ということはあるまい。じゃが、羽柴筑前は名にし負う策士。何を企(たくら)んでおるやら知れぬゆえ、ゆめ油断はならぬ」

　黄表紙などで読む秀吉の評判そのままだ。

「三日前、大手口に堀尾吉晴が五百ほどの兵で攻めかかりおった。しかし、一刻足らず攻めて、あっさりと引いた。まずこちらの出方を見たものであろう。覚悟を確かめた、という言い方もできようか」

「本気で籠城し、死守するつもりかどうか見極める、と」

「左様。承知の上じゃから、こちらも程々にあしらった」

　なるほど。駆け引きは既に始まっているのか。

「寧(むし)ろ、御嫡男、孫三郎(まごさぶろう)様のおられる綱引(つなひき)城が心配じゃ。あそこはこの城より険しいところにあるが、城兵は六百足らず。大軍をもって一気に攻められれば、さすがに危うい」

　城主鶴岡式部の嫡男、孫三郎景光(かげみつ)は、南に二里（約八キロメートル）ほど行った山の上にある支城に籠(こも)っているそうだ。なかなかの要害(ようがい)ということだが、新九郎は少しばかり首を傾げた。大軍を前にしているのだから、小城に兵を分けるよりも、放棄してこの城一か所に集めた方がいいのではないか。しかしまあ、戦の仕方など新九郎にはわからない。鶴岡にも、何か考えなり策なりがあるのだろう。

「今のところ、綱引城は無事なのですな」

「無事、というより相手にしていない、といった風じゃ。猿めは何を企んでおるのやら」

やはり秀吉、あちこちで猿と呼ばれているらしい。思わずニヤリとした。

本丸に入っていくと、板塀の向こうからまた、「えい、えい」という声がしている。

「奈津姫様ですな」

新九郎が言うと、杉浦の顔に、苦笑が浮かんだ。

「毎日あのように、木刀や薙刀を振っておられる」

「御嫡男の御留守を、ご自分が守るという気構えでおられますか。ご立派なことで」

褒めたつもりが、皮肉に聞こえたようだ。杉浦は顔を顰めた。

「あのご気性じゃ。お控え下され、と申しても聞かぬ」

やはり、思った通りのじゃじゃ馬であるらしい。「なるほど」と、新九郎も苦笑を返した。

本丸には上がったものの、軍議に入れるわけもなく、することは特にない。手持ち無沙汰なので、城の中を歩いてみることにした。

青野城は山城で、本丸とそこから突き出した物見櫓が、最上部になる。本丸を中心に、東西に幾つかの曲輪が連なっており、侍屋敷のある二の丸の大手側、つまり東側は、一段下がって三の丸。さらに一段下にも龍口（たつのくち）曲輪と呼ばれる曲輪があり、その二つの曲輪の間の門を抜けて石段を下ると、大手門がある。その先には、麓（ふもと）へ曲がりくねった道が下りていて、下りきったところに侍屋敷や僅かばかりの城下町があったそうだが、今は敵に利用される前にと、鶴岡配下の兵によって焼き払われていた。住んでいた領民は、三の丸と龍口曲輪に逃げ込んでいる。鷹が羽を広げた様子に似る、として鷹乃城の別名があるそうだが、それはあまり実感できなかった。鳥の目で空から見れば、或（あ）いはそう見えるのかもしれない。

大手口までぶらぶら歩いたが、胡散（うさん）臭げに見る視線につきまとわれるのが鬱陶（うっとう）しくなり、本丸に退散した。本丸への石段を上がりかけたとき、ふと見ると、石段の陰で二人の上士が何やら言い争いをしていた。よく見ると、一人は山内、もう一人は昨日の席でも山内と言い合っていた男。湯上谷（ゆがみだに）左馬介という名だと杉浦に聞いた。昨日の論議の続きだろうか。顔付きからすると、やはり昨日感じた通り、二人の仲は良くないようだ。聞き耳を立てようとしたが、気付かれたらしく、二人同時にこちらを向いた。新九郎は知らぬふりをし、そそくさと石段を上った。

　そのまま本丸に入り、ちらりと板塀に目をやった。姫の掛け声は止(や)んでいる。通り過ぎようとしたとき、塀の後ろから出てきた奈津姫と、鉢合わせた。

　互いにぎょっとして、立ち止まった。奈津姫の方が驚いたようで、昨日と同じように目を丸くし、新九郎を見つめた。慣れない素襖が、変な着方になっているのか。落ち着かなくなり、目を逸(そ)らせる。すると、奈津姫が言った。

「御使者の、瀬波新九郎殿じゃったな」

「はい」

「まともな恰好も、できるではないか」

　それだけ言って、ぷいと横を向き、行ってしまった。新九郎は、頭を搔(か)いた。あれは、褒めたつもりなのだろうか。

　結局その日は、何もしないまま終わった。夕餉(ゆうげ)を食しながら、貴重な兵糧(ひょうろう)を自分が無駄食いしているようで、気が咎(とが)めた。それに、自分は今のところ上士の扱いを受けているが、奉行所同心は本来、三十俵二人扶持の足軽身分だ。この場では、胴丸を着けて城壁の傍で昼夜、敵に備えていなければならないのである。自分が望んだわけではないが、やはり申し訳ないような気がした。

杉浦は昨夜同様、見回りに行って本丸から戻って来ない。そのまま宿直だろうか。待っても仕方がない、と寝ることにした。だが、床に入ってもやはり寝付けない。それも当然か、と輾転反側するうち、いつの間にやら眠ったようだが、急に何やら騒がしくなって目が覚めてしまった。外はまだ暗い。新九郎は、緊張した。いよいよ敵が攻めてきたのか。

刀と十手を持ち、表に飛び出した。が、矢玉が飛んでくる気配はないし、鬨の声も聞こえない。見回して、何か起きているのは本丸らしいとわかった。行ってみよう、と動きかけたとき、暗がりから胴丸を着けた侍が二人現れ、新九郎の両脇に立った。いつからそこにいたものか、全く気付けなかった。

「御使者殿。来られよ」

侍の一人が、低い声で言った。有無を言わせぬ声音だ。新九郎は黙って頷き、導かれるままに本丸に向かった。

本丸に着くと、追い立てられるようにして、一昨日鶴岡に謁見した広間に入った。一昨日同様、鶴岡始め、重臣たちが勢揃いしている。鶴岡を除く大半の者は、具足を着けていた。だが、よく見ると山内の姿だけがなかった。

「連れてまいりました」

侍の一人が、敷居のところに膝をついて告げた。

「如何(いかが)であったか」

鶴岡が侍に聞く。

「一日見ておりましたが、怪しき動きはございませぬ。日暮れ前、屋敷に入ってからは先ほどまで、一歩も出てはおりませぬ」

「相わかった。ご苦労。下がれ」

二人の侍は一礼し、廊下を下がって行った。新九郎は、内心で舌打ちした。何とも間抜けな話だ。ここへ来て以来、あの二人にずっと見張られていたらしい。

考えてみれば、当たり前のことだった。自分は、戦のただ中にある城に入り込んだ唯一の余所者(よそもの)である。たとえ味方である毛利の者だとしても、警戒するのは当然だろう。とすれば、杉浦の屋敷に泊められたのも、手近で監視するために違いあるまい。

(それにしても、何事か)

見渡すと、重臣たちの顔は異様に強張(こわば)っていた。寝入っていたのは、自分だけであるようだ。

「何事か出来(しゆつたい)いたしましたかな」

気恥ずかしくなったので、平静を装い、聞いてみた。杉浦が困ったような顔をし、鶴岡に目で伺いを立てた。鶴岡が頷く。杉浦は新九郎の方を向き、重々しく言った。

「つい先刻、この本丸屋敷の内で、山内主膳殿が殺されておるのが見つかった。何者の仕業か、まだわからぬ」

さすがに新九郎は驚愕(きようがく)した。この、囲まれた城の中で殺しだと？

「殺された、というのは確かでございましょうか」

つい、奉行所同心の癖が出た。杉浦は、むっとしたようだが答えてくれた。

「確かじゃ。正面から斬られておる」

「場所は、この屋敷のどちらで」

「普段、武具の物置にしておる奥の部屋じゃ」

「兵庫殿！」

三十過ぎと見える重臣の一人が、杉浦に怒鳴った。確か、畠山刑部(はたけやまぎようぶ)とかいう男だ。畠山は、新九郎をじろりと睨みつけた。

「毛利の御家中とはいえ、我が城の者でない相手にそれ以上は、如何(いかが)なものか」

外の者は、引っ込んでろということか。もっともな話だが、畠山の目付きが、いささか気に食わなかった。

「それはそうだが……」

「この者が関わっていない、とも限りませぬ」

おっと、そこまで言うか。新九郎は、言い返してやることにした。

「兵庫殿。何者の仕業か、まだわからぬと仰せでしたな」

「いかにも」

「それがしは、先ほどのお二人に絶え間なく、見張られておりました。さすれば、それがしの仕業でないことは、明白。一日中誰かに見張られていたお方が、他におりましょうや」

皆の表情から、誰もいないことは間違いなさそうだ。

「ならば、それがしが唯一、潔白ということになり申す」

畠山が顔色を変え、何か言おうとした。が、反論が浮かばないようで、開きかけた口を閉じた。

「なるほど。瀬波殿の申す通りじゃ」

鶴岡が言ったので、畠山は不承不承、という様子で矛を収めた。

「いずれにせよ、籠城の最中にこのような大事が起きるとは、ただならぬ。織田方の送り込んだ乱破の仕業やもしれぬ。儂が直々に、検分いたす」

鶴岡は、そう宣して立ち上がった。異を唱える者は、いなかった。

鶴岡が先に立ち、一同を従えて奥へと進んだ。一番奥の板戸の前で、具足姿の香川助右ヱ門が張り番に立っていた。

「まだそのまま、手を付けておりませぬ」

香川は膝をつき、板戸を開けた。鶴岡が足を踏み入れ、重臣たちが続く。新九郎も殿でその部屋に入った。中は真っ暗だ。踏み込んだ途端、置いてあった長持か何かに誰かが足をぶつける音と、舌打ちが聞こえた。

「燭台を持て」

部屋には灯りがなかったため、鶴岡が指図した。小姓たちが、急いで燭台を幾つか持ち込んだ。ようやく明るくなった部屋は、意外にがらんとしていた。武具の物置ということだったので、この部屋にあったものは戦支度のため運び出されたのだろう。上を見上げると、いかにも物置らしく天井板が張られておらず、梁(はり)が剝(む)き出しだった。

その部屋の中ほどに、素襖姿の山内が、うつぶせに倒れていた。足元から壁の方へ、血の染みが続いている。その染みは、かなり踏み荒らされていた。

「ここで襲われたのか。主膳殿は、ここで何をしておったのじゃ」

湯上谷が言った。昼間、山内と言い争っていたことはおくびにも出さない。新九郎は重臣たちの肩越しに死骸を見ていたが、「ちょっとご無礼」と割り込み、死骸の脇に屈(かが)み込んだ。

「これ、何をしておる」

杉浦が窘めたが、新九郎は、まあまあと手で制し、死骸を検(あらた)めた。一通り見た後、死骸に手をかけ、ひっくり返して仰向けにした。肩口から胸にかけて、大きく斬られた傷が付いていた。

「何をするのじゃ」

畠山が怒り、新九郎の肩を摑む。それを払いのけ、新九郎は屍骸(むくろ)の胸元を指した。

「ここを前から刺されております。心(しん)の臓(ぞう)は外れているが、これが命取りになったようですな。肩口から斬り下ろされた傷は、それだけで死ぬほどではない。斬られて弱ったところを、止めとして刺されたのでしょう」

何っ、とばかりに重臣たちが目を凝らす。

「それにしても」と新九郎が続ける。

「このぐらいの灯りでは暗くてはっきりしないが、血が飛び散った痕がない。血があるのは、この部分。周り全体ではなく、足元から壁際にかけてだけ、床が汚れている。どうも妙ですな」

新九郎は、血痕が続いている先の壁を見つめた。

「どうして、壁の方なのか……」

独り言であったが、鶴岡が聞き咎めた。

「何か思うことがあるのか」

それには直に答えず、新九郎は「ふむ、そうか」と呟くと、重臣らを見渡して言った。

「主膳殿は、ここで殺されたのではないかもしれません」

「何と?」

「腰の大刀が見当たりませぬ。鞘だけです」

覗き込んだ誰かが、「おう」と唸り声を上げた。斬った者が持ち去ったのか、という声も聞こえたが、新九郎はそれには応じず、杉浦の方を向いた。

「主膳殿の死骸を見つけられたのは、兵庫殿ですか」

杉浦だけでなく、鶴岡も他の重臣も、眉を上げた。

「いかにも、儂と助右ヱ門じゃ。本丸の見回りの際、ここを覗いてみて見つけた。しかし、何故わかった」

新九郎は、杉浦の足元を指した。

「乾きかけているが、足に血が付いています。この床の血の上を、歩き回られたのでしょう」

杉浦は自身の足元を見やってから、床の血に目を向けた。血の足形が幾つも重なっている。

「うむ。暗かったので、倒れておるのが誰か確かめるとき、床の血に気付かずその上を何度も歩いた。助右ヱ門も同様じゃ」

「その血ですが、だいぶ乱れてはいるものの、あちらの壁に向かっているのは間違いない。しかし、壁際で襲われたとしたら、壁かその下の床に血しぶきが飛ぶはず。それがない」

「ええい、血の痕などどうでも良い。誰が主膳殿を斬ったかじゃ」

畠山が腹立たしげに大声で言い、いきなり湯上谷を睨んだ。

「左馬介。お主は主膳殿に、いささか遺恨があったろう」

「何？ 何を言い出す」

湯上谷が気色ばんだが、畠山は構わず続けた。

「去年、お主が主膳殿の娘御を弟の嫁にと望んだとき、体よく断られたろう。そのうえ、すぐに備前の宇喜多家中の者へ嫁がせた。あれ以来、お主は主膳殿の言われることに、いちいち難癖を付けておったではないか」

ほう、そんなつまらない事情で仲が悪かったのか。湯上谷が言い返す。

「ば、馬鹿なことを申すな。そのようなことで、遺恨などあるものか。近頃、主膳殿のお考えにはいささか賛同いたしかねるところがあるので、ついつい逆らったが、それだけのこと。斬るなど、とんでもない」

「もし織田方の乱破の仕業でないとすれば、我が城中で主膳殿を害しようと考える者が、他におるとでも言うか」

「おのれ、言わせておけば」

湯上谷は、刀の柄に手をかけた。もし昼の光の中で見ていれば、湯上谷の顔は真っ赤だったろう。

「止さぬか」

鶴岡が叱りつけた。

「いきなり城中の者を疑うなど、もってのほか。今がどういうときか、考えてみよ」

城主に言われて、畠山も湯上谷も黙って頭を下げた。二人が静かになったのを見て、鶴岡は改めて新九郎に声をかけた。

「瀬波殿。そなた、こういうことに慣れておるのか」

無論だ。南町奉行所で定廻り同心になって以来、五件の殺しを扱って、いずれも下手人を挙げている。あの松次が、六人目になるはずだったのだ。

「幾たびか扱い、その都度手を下した者を突き止め、処断しております」

ほう、と鶴岡が感心した声を出す。

「さすがは安国寺殿の見込んだお人じゃ。では、一つ頼まれてくれぬか」

「頼み、と言われますと」

「我らは戦場では人に後れは取らぬが、このようなことは初めてじゃ。先ほどよりそなたの様子を見ておると、目の付けどころが全く違う。主膳を殺した者、恐らくは織田方の意を受けた者の仕業であろうが、そ奴を突き止め、ひっ捕らえてもらいたい」

「何と、それがしに、ですか」

新九郎は唖然(あぜん)とした。

「しかし、それがしのような余所者に」

「我らは、羽柴勢に備えるので手一杯じゃ。それに先ほど自身で言われた通り、そなたの仕業でないことは明白。他に間違いのない者は、見当たらぬ。是非とも頼む」

新九郎は重臣たちの顔を見た。誰もが困惑しているようだが、はっきり異論を唱える者はいない。新九郎の立場では、城主の頼みを無下(むげ)に断ることもできない。

「承知仕りました」

「おお、やってくれるか。有難い」

「しかしながら、これを調べるとなると、城中を歩き回ったうえ、重臣方にはご不快と思われるような問いもさせていただかねばなりませぬ。その点、皆々様にご承知おき願いたく」

畠山などは露骨に嫌な顔をしたが、何も言わなかった。

「それは構わぬ。好きに動かれればよい」

どのみち外へ出れば羽柴勢に捕らえられるし、城中でどう動いても新九郎の姿は目立ち、内密に何か細工をする恐れも少ない。鶴岡にとって、案外賢明な策かもしれなかった。

「ははっ、仰せのままに。では、早速ですが、お伺いしたきことが」

「おう、何かな」

「その壁の向こうに、隠し扉とか抜け穴の類い(たぐい)がございますか」

血の痕が続いている先の壁を指して言った。重臣たちは、ぎくっとしたようだ。だが鶴岡は、平然と答えた。

「うむ、確かにある」

鶴岡は壁に歩み寄るとしゃがみ込み、壁板の一枚を上にずらし、指をかけた。壁の下半分が、手前にぐいと持ち上がり、人一人が楽に通れる穴が、ぽっかりと開いた。

「手燭(てしょく)を」

鶴岡が命じ、小姓の一人が手燭を用意して持って来た。畠山が受け取り、入口を照らす。入ってすぐは、下に向かう石段になっていた。

「おっ、石段にも血が付いておる」

蠟燭(ろうそく)の灯りで照らされた石段には、点々と血が落ちていた。血が擦(こす)れた跡もある。

「下りてみましょう」

新九郎が言い、畠山が先に立って、血の痕を踏まぬように石段を下りた。二十段ほど下りると、横穴になっている。下は土で、崩れないよう壁と天井には材木があてがわれていた。穴の高さは人の背丈ほどで、辛うじて身を屈めないで歩ける。抜け穴としては、かなり大きいと言えるだろう。十歩も行かぬうち、穴がさらに広がった。高さはほとんど変わらないが、幅が広くなり、材木もなくなって岩穴のような感じだ。

「この部分は、もとからあった洞穴(ほらあな)か何かですか」

新九郎が岩の壁を撫(な)でながら聞く。杉浦が「左様」と答えた。

「本丸の下にあった洞穴でな。築城の際、見つけて使うことにした。向こう側の出口は西曲輪のすぐ外で、涸(か)れた井戸に見えるよう設えてある」

なるほど、と言いかけたとき、畠山が「やや、これは」と大声を上げた。新九郎は、畠山が手燭で照らし出したものを、肩越しに覗き込んだ。

百姓のような姿をした男が、洞穴の地面にうつぶせで倒れていた。右肩から背中を斬られている。傷は山内のものよりだいぶ深い。その手前には、抜き身の大刀が一振り、落ちていた。鞘が見当たらないところをみると、これは山内のものだろう。

新九郎は畠山から手燭を借り、しゃがんで死骸を調べた。年の頃は三十前か。髭のない顔は汚れているが、手は百姓のようなごつごつとした骨太のものではなかった。括り袴に、足には脚絆(きゃはん)、革足袋(たび)。どうも百姓のように見えて百姓ではなさそうだ。

「領内の者ではないな」

杉浦が呟くように言った。湯上谷が、得心した顔で頷く。

「織田の乱破に違いない。こ奴が、主膳殿を斬ったのだ」

「まあ、そう慌てんで下さい」

新九郎はゆっくりと立ち上がった。

「斬られてから、背中の真ん中を後ろから突き刺されてます。下が岩なんで、血の痕はわかり難いが」

「うむ、そうか」

鶴岡が手を叩いた。

「主膳が本丸の物置部屋で殺されたのではないとすると、ここでこの乱破と斬り合いになり、相撃ちとなって果てた、ということじゃな」

「しかし殿、逆かもしれませぬぞ」

畠山が横から言った。

「本丸で斬り合いになり、乱破の方が斬られたままここまで逃げて、力尽きたやもしれませぬ」

言いながら、湯上谷にばつの悪そうな目を向ける。湯上谷の仕業ではないかと言ったものの、乱破らしい死骸が見つかったからには、誤りだったと認めざるを得ないのだ。湯上谷の顔はよく見えないが、それ見たことかという表情が浮かんでいるだろう。

「どちらにしても、主膳殿が抜け穴から忍び込んだ乱破を見つけ、斬り合いになった、ということでしょうか」

杉浦が言うのに、鶴岡が頷きかけた。新九郎が制し、落ちていた大刀を拾い上げた。

「これが主膳殿のものだとすると、乱破の刀が見えませんな」

「乱破の刀だと」

畠山が、だから何だというように新九郎を見返す。新九郎は死骸の周りを手で示した。

「この乱破らしき奴が主膳殿を斬ったとしたら、その刀はどこに。見たところ、小刀は懐にあるようだが、抜いた様子はない。抜いたとしても、主膳殿の体にあったような大きな刀傷は、付けられませぬ」

畠山は、うーむと唸った。

「ここはこのままにし、ひとまず戻りましょう。西曲輪の外の出口については、もっと明るくなってから検分します」

新九郎の言葉に従い、一同は不安げな顔を隠さずに物置へ戻った。

抜け穴を出ると、新九郎は真っ直ぐ山内の死骸に近付き、抜け穴から持って来た大刀を山内の鞘に合わせてみた。間違いなさそうだ。その刀を燭台の灯りに近付け、仔細に検める。そして「ふう」と溜息を吐いた。それを聞きつけ、鶴岡が尋ねる。

「如何した。不審でもあるか」

「主膳殿の大刀ですが、人を斬った様子がありませぬ。血は付いていますが、後から付けたもののようです」

　人を斬れば、刀の刃には血だけでなく、脂（あぶら）などがたっぷり付く。この刀には、そうした跡が見られなかった。

「何？　確かに主膳は此度の戦で、まだ敵と刃を交わしておらぬが」

　鶴岡はそう言ってから、あっ、と声を上げた。

「つまり、あの乱破を斬ってもおらぬ、ということか」

「左様です。斬られた死人が二人いるのに、斬った刀はどちらのものでもない。これはいささか、面倒なことになりましたな」

四

　明るくなるとすぐ、新九郎は杉浦と香川に案内されて、西曲輪の城壁の外にある抜け穴の出口に向かった。西曲輪に下り、南二の丸の石垣の隅にある狭間（はざま）から外に出た。その下は谷になっている。

「竪堀（たてぼり）に気を付けられよ」

　杉浦が斜面を指して言う。斜面には縦に深い溝が三本ばかり掘られている。踏み外して嵌まると、谷の底まで転げ落ちそうだ。攻め手の軍勢が左右に広がるのを妨げるものだろう。

城壁に沿って二十間（約三六メートル）ほど進むと、搦手門に近い辺りが少し平らになっていて、井戸らしきものがあった。城兵が十人ばかり、その周りを囲むようにしている。

「これが抜け穴の外側の口じゃ」

頷いて井戸を覗き込むと、当然のことながら空井戸で、深さは人の背丈の倍ぐらいしかない。竪穴の壁には、登るときの足掛かりになりそうな窪みが幾つもある。底からは、本丸の方角に横穴が掘られていた。

「あの乱破は、ここから入ったのであろう」

「ならば、乱破は抜け穴があるのを知っていたことになりますな」

香川が渋い顔をした。一応は秘密なのだろう。しかし、覗き込めばすぐに井戸ではないことがわかるような、浅い偽装だ。平時のうちに乱破に探られていたことは、充分考えられた。

「この方々は、ずっとここで見張りを？」

城兵たちを見ながら新九郎が聞いた。香川が「左様」と応じ、組頭を睨みつけた。

「おい、昨夜ここに誰か近付いたか」

「いえ、そのような者はおりません」

「お前たちは、ずっとここを離れなかったか。皆、眠っておったのではあるまいな」

「交代で眠りはしましたが、皆が眠っておったときはございませぬ」

香川は、ふん、と大きく鼻を鳴らし、疑り深い目で足軽たちを見た。

「この穴に入り込んだ者がいる。入ったのはここ以外に考えられぬ。本当に、何も見なかったのか」

「それは……そのはずで……」

組頭の返答が、歯切れ悪くなった。香川のこめかみに青筋が浮いた。

「はっきり申せ！　目を離したときがあったのだな」

「か、かがり火を……」

「かがり火がどうしたッ」

「は、はい、昨夜、龍口曲輪の方角で、何やら騒ぎがありましたゆえ、ここも気を付けねばと、かがり火を置こうとしたのですが、地面が傾いておりますんで、うまく置けず……皆でかかりましたが、やっぱり倒れそうで危ないとなりまして、松明(たいまつ)に……」

しどろもどろの答えに苛立った香川が、組頭の足を踏みつけた。組頭の顔が歪む。

「つまり、かがり火に気を取られ、皆が井戸から目を離していたときがあったんだな」

「は、その、左様で」

「馬鹿もんが！　しっかりせい」

香川が組頭の横っ面を張り飛ばした。組頭はよろめいたが、何とか立ち直って「申し訳ございませんッ」と叫んだ。

「それは、何刻(なんどき)ぐらいのことですかな」

新九郎が組頭に尋ねると、組頭はぽかんとした。

「何刻？　刻限なんぞ、わかりませぬ。日が暮れて、しばらく経った頃で」

新九郎は顔を顰めた。そう言えば、ここに来てから時鐘(じしょう)が鳴るのを聞いた覚えがない。寺くらい城下にあるだろうが、もともと鳴らしていないのか、或いは坊主たちが戦を避けて一時、逃れたのかもしれない。刻限は、大雑把(おおざっぱ)な見当でいくしかないようだ。

「龍口曲輪の騒ぎとは」

　振り返って杉浦に尋ねた。

「何本か、矢を射込まれたのじゃ。乱破か何かの仕業であろう。一人か二人、怪我をしたようだが、それだけのこと」

　さしたる話ではない、と杉浦は言う。

「やはり、かがり火に拘(こだわ)っている隙(すき)に、ここから入り込まれたようじゃな。忍びの心得のある者なら、音を立てず穴に入るのは造作(ぞうさ)もあるまい。どこかに隠れ、隙ができるまで様子を窺(うかが)っておったのであろう」

　杉浦が得心したように言った。新九郎もその通りだろうと思った。そうすると、乱破は何をするためにこの城に入ろうとしたのか。死んだ乱破は、火薬や火付の道具などは身につけていなかった。城を燃やすような大掛かりなことを仕掛けに来たのではあるまい。では、鶴岡や重臣たちの暗殺か。だがそれなら、小刀一つではなく、もっと殺しの武器を持っていそうな気がする。ならば、何かを探り出すつもりだったのだろうか。

　新九郎は、井戸の周りを少し調べてみた。どこかに忍び込んだ痕跡でもないかと確かめたのだが、足軽たちが周りを踏み荒らしているので、何も見つからなかった。そもそも、忍びの心得がある乱破がそんなものを残すとも思えない。諦めて、「ここはもう結構です」と杉浦に告げ、三人は本丸に戻った。

新九郎たちは、再び山内の死骸が見つかった物置の前に立った。三方は板壁で、一方が板戸になっており、出入りできるのはその板戸と、奥の抜け穴だけだ。今、板戸は全部開けられ、暗かった物置は奥まで明るく見通せるようになっている。中ほどにあった山内の死骸は既に運び出され、屋敷に安置されている。一方、抜け穴の乱破の死骸はまだそのままだった。

「このことは、城中の方々に知らされましたか」

「いや、まだ伏せてある。しかし、亡骸を運び出すところを見た者がおるゆえ、主膳殿が急死されたことは知らしめねばなるまい」

乱破が侵入して山内を殺したというような噂が広まれば、動揺が走る。戦の最中にそれは避けねばならない。新九郎は頷いて、物置の中に足を踏み入れた。

室内には、長持が六つばかり置かれていた。他に脚付きの箱が三つあるのは、鎧櫃（よろいびつ）だろう。長持や櫃は壁と板戸に沿って寄せてあり、それに囲まれた真ん中の床は、抜け穴に続く血の痕がべったり付いたままになっている。

「ここにあるのは、空の入れ物だけですな」

「いかにも。武器の置き場であったゆえ、ほとんどは持ち場に移した。ここにある空の長持の中に入っていた弓矢と鉄砲は、本丸に詰める者たちが持っておる」

新九郎は「そうですか」と応じ、改めて血の痕を調べた。血痕を乱している杉浦と香川の足形が、日の光でははっきりとわかる。

「最初に死骸を見つけられたのは、杉浦兵庫殿と香川助右ヱ門殿でしたな。ここへは、見回りとのことでしたが、見回られたのは一度だけですか」

「いや、助右ヱ門は一度じゃが、儂は二度じゃ。儂の一度目には、何事もなかった」

「他に、その前にここに入られたお方は、おられますか」

「それならば、刑部も左馬介も、警護役の門田次郎左衛門（かどたじろうざえもん）も入っておるはずじゃ。見回りは、代わる代わる欠かさずやっておる」

そんなに何人もいるのか、と新九郎は少し驚いた。順に話を聞かねばならない。畠山、湯上谷、門田の三人のうちで最後に入った者が、理屈では一番怪しい。

「ふむ、この血の痕ですが」

新九郎は指で床をとんとん、と叩いた。

「お二方が踏まれなかったところをよく見ると、どうも抜け穴側から死骸のあったところへ、向かっておるようです」

それを聞いて、杉浦が思案顔になった。

「それはつまり、主膳殿の死骸は抜け穴から引きずられてきた、ということか」

「いえ、引きずられれば、もっと箒（ほうき）で掃（は）いたようなはっきりした跡が残ります。これは、もっとゆっくり、そろそろと進んでいる。恐らく、主膳殿自身が這（は）ってこられたのでしょう」

「何と？」

杉浦と香川は、揃って驚きを見せた。

「では主膳殿は、斬られてしばらく息があったのか」

「そう思われます。乱破の死骸は、血の乾き具合から見て、死んでから時が経っておりましたが、主膳殿の方は死んでから一刻も経ってはいなかったでしょう」

昼の光の中で医者を立ち会わせて検分すれば、もっと詳しいことがわかっただろうが、残念ながらここでそれは望めない。

「ははあ、なるほど」

香川が腕組みし、懸命に頭を働かせる様子を見せてから言った。

「こういうことじゃな。抜け穴で、何者かが主膳殿と乱破を斬った。止めを刺したつもりが、乱破は死んだものの、主膳殿は息があり、自分を斬った者が出て行ってしばらく経ってから、どうにかここまで戻ったが、助けを呼べぬまま力尽きた、と」

「その何者か、とは誰じゃ」

杉浦がせっつくように聞く。新九郎は逆に問いかけた。

「その前に、主膳殿と乱破は、抜け穴で何をしていたんでしょうか」

杉浦が、眉間に皺を寄せる。

「それは……」

「それに、抜け穴に主膳殿と乱破がいることを、二人を斬った者はどうやって知ったのでしょうか。物置を覗いただけでは、抜け穴に人がいるとはわかりませぬ」

杉浦と香川は言葉に詰まり、顔を見合わせた。

杉浦と香川が、戦支度の見回りのため行ってしまうと、新九郎は本丸の縁先に腰を下ろした。重臣たちは、城の中をあのようにしょっちゅう見回っては、守りに不備がないか、士気が緩んでいないか、確かめているようだ。無論、あの乱破のような侵入者の警戒も、より一層厳しくしていることだろう。先ほど畠山の姿がちらりと目に入ったが、きちんと兜まで被っているところを見ると、物見をするのかもしれない。

新九郎は、ほうっと溜息を吐いた。やはり自分だけが浮いている。鶴岡から直々に頼まれたものの、一両日のうちに城攻めが始まるやも、という中で、一人悠長に下手人捜しなどしていて良いものか。頭では、戦の最中に内側から刺されるような危険を排するため、急ぎ下手人を挙げる必要がある、とはわかっているが、どうも落ち着かなかった。

「憂鬱そうじゃな」

いきなり声をかけられ、ぎくっとした。顔を上げると、すぐ前に奈津姫が立っていた。先日と同じ小袖に括り袴の姿だが、木刀は持っていない。

「これは姫様」

慌てて立ち上がろうとすると、「良い」と手で制された。そして驚いたことに、隣に腰かけた。

「新九郎、目星はついたのか」

前置きも何もなしでいきなり聞かれ、しかも通り名で呼び捨てにされ、新九郎は面喰らった。

「何をぼうっとしておる。主膳を殺した者の目星はついたのか、と聞いておるのじゃ」

およそ姫君のする話ではない、と思ったが、戦国の世で戦の最中とあれば、姫君と言えど琴など爪弾いているわけにもいくまい。とは言え、木刀を振り回す上にこの物言い、やはり杉浦が言ったように格別の姫であるらしい。

「さすがに、昨日の今日では」

曖昧に答えると、奈津姫は「ふうん」とつまらなそうに返した。

「父上からは、このような調べ事には長(た)けておると聞いた。検非違使(けびいし)とか、捕吏(ほり)のようなことをしておったのか」

検非違使とは、また古風な。しかしこの姫、結構学があるらしい。

「戦の武功より、こちらの方が得意なのは間違いございませんな」

「やっぱり変わった男じゃな」

そりゃあ、二百年前の人間から見れば変わって見えるだろうさ、と新九郎は内心で笑う。

「まあ、変わっておるということなら、奈津とて人後に落ちぬ。もう少々おとなしくせよ、などとあちこちから言われる」

奈津姫はそんな言い方をして、あははと笑った。笑い方も、姫らしくない。江戸の町娘みたいだな、と思った新九郎は、逆に好感を持った。

「さっきは兵庫らと、西曲輪の外への抜け穴を検分いたしておったな」

「よくご存じで」

「暇じゃから、何でもよく見るようにしておる」

思わず「こいつは参った」と口にしかけ、「畏れ入りまする」と言い直した。

「別に畏れ入らんで良い。で、どう思った」

「どう、とは」

「あの抜け穴についてじゃ。主膳殺しのことはともかく、あれをどう見た」

新九郎は困惑した。変な問いかけだが、実は新九郎には思うところがあった。それを口に出していいものかどうか。だが、重臣たちとは違い、この開けっ広げな姫には話しても構わないように思えた。

「正直に申せば、妙な抜け穴ですな」

「あまりに見つけやすい。西曲輪外の空井戸など、見つけて下さいと言わんばかりです。それに、短過ぎる。いざというときの逃げ道とするのに、出口があんな場所では。本丸に敵が迫っているなら、搦手門に近い西曲輪の一帯は、とうに敵の手に落ちている。そんなところへ逃げても意味がない」

　奈津姫の眉が上がった。

「新九郎の目は、節穴ではないな」

　満足したような笑みを、口元に浮かべる。

「いかにも。築城のとき、たまさか洞穴を見つけたので抜け穴にしてみたが、そなたの申す通り、短過ぎて使い物にならん。せいぜい、敵に見えぬよう搦手門に伝令を走らせることができる程度じゃ」

「そんなものを残してある、というのは……」

　新九郎は少し考えてから、言った。

「もしや、餌ですか。敵に本物の抜け道を探らせないための」

「その通り。よく解いた」

　奈津姫は、嬉しそうに笑った。

「ほう。どこが妙だ」

「本物の抜け穴は、本丸裏手にある。北の先の、林の中に通じておる。まあ、誰もそなたには教えぬと思うが。こちらは本当に、秘密じゃからの」

それを俺に言っていいのか、と心配になったが、奈津姫は屈託なく続けた。

「そなたなら、主膳が誰に、何故殺されたか、解き明かせそうじゃ」

「粉骨砕身、いたしましょう」

わざと大袈裟に言ってやると、奈津姫はまた笑った。それから、急に真顔になった。

「気を付けよ。重臣どもは皆、腹に一物あるぞ」

新九郎は、え、と眉を顰めた。

「姫様は、重臣の方々が信用できぬと仰せですか」

奈津姫は、ぐっと深く頷いた。

「そうじゃ。誰もがもっともらしいことを言うが、信は置けぬ」

「何故、そのように思われます」

「ずっと、見ておるからじゃ。暇なのでな」

いや、暇とかいう話ではあるまい。奈津姫は自分なりに、重臣たちを観察し続けている、ということか。ならばこの姫、ただ者ではない。

「今、奈津をただ者ではない、と思うたであろう」見透かされて、新九郎はあたふたした。それが可笑(おか)しかったのか、奈津姫はまた笑った。

「よいか新九郎。調べを進め、何か妙なことがわかったら、奈津に言え。その代わり、奈津が手伝(てつど)うてやる」

「は？　手伝う、とは」

「この城についてそなたが知りたいこと、全て教えてやる。重臣どもと違い、奈津は隠し事はせぬ」

「はあ……わかりました」

　そう返事をするしかなかった。奈津姫は「よし」と頷き、立ち上がった。

「忘れるな、新九郎。信用して良いのは、この奈津だけぞ」

　新九郎にそれだけ念を押すと、奈津姫はさっと顔を背け、真っ直ぐに歩み去った。新九郎は半ば唖然としたまま、その姿を見送った。

五

本丸警護役、門田次郎左衛門は齢三十二。大柄な体軀に鎧をまとった物々しい姿でどっかと座り、向かい合う新九郎を威圧するように見た。

「昨夜のことについて、でござるか」

「次郎左衛門殿は、昨夜あの物置に見回りに入られたと聞いております。見回りの方々の順番は、どうなっておりましたか」

「夜の見回りは、杉浦様、畠山様、それがし、湯上谷様、そしてまた杉浦様、という順でござった。最後の杉浦様には、助右ヱ門が付いていたが」

「順番は、毎夜同じですか」

「いや、その都度、籤で決めておる」

「主膳殿は、見回りに入ってはおられなかったのですな」

「一昨日までは見回っておられたが、昨日は少し体調を崩したゆえ、夜中の見回りはきついと言われましてな。いたって壮健に思えたのだが」

ふむ、山内は殺された夜、自分の意思で見回りに入らなかったのか。代わって杉浦が二度、見回ることになったわけだ。

「物置に入られたとき、何か常とは違うものを見られたりしませんでしたか」

「それは、ござらぬ」

即答した。事前に考えてあったのだろう。

「何しろ、自分の手燭の灯りしかないので、小さな違いであれば、まずわかり申さぬ」

「ごもっともです。壁の抜け穴が、開いていたようなことは」

「それもござらぬ。板壁のままじゃ。あの抜け穴の入口の板には錘（おもり）が付いていて、開けた後、手を離せば自然に閉じてしまうので、誰か開けたとしても、その場に居合わせぬ限りわからぬ」

「そうですか。ところで、生きている主膳殿を最後に見られたのは、いつです」

「うむ。最初の杉浦様の見回りの前、今宵（こよい）は見回りに入らぬと告げに来られたときじゃ。その後本丸を出られたと思うが、それきりになった」

杉浦は昨夜、屋敷で新九郎と夕餉を共にし、少し飲んで語らってから本丸に戻っている。それから最初の見回りに出たとすれば、日暮れ、つまり酉（とり）の刻（午後六時）から一刻余り経った後のことだ。昨夜は屋敷に戻らなかったが、毎夜同じとすると、戌の刻（午後八時）には見回りに出ているだろう。山内はその頃に本丸を出たようだが、判然としないらしい。

「皆様方の見回りは、どれほどの時を置いてされるのです。時を計っておいでか」

「蠟燭じゃ。それと同じ蠟燭が一本燃え尽きるごとに、見回りに出ておる。一本燃えるのに、だいたい一刻かかる」

門田は燭台の蠟燭を指差した。そうやって計る手があったか。これは助かる。順序を当て嵌めると、最初の杉浦の後、畠山が亥の刻（午後十時）、門田が子の刻（午前零時）、湯上谷が丑の刻（午前二時）、二度目の杉浦と香川が寅の刻（午前四時）となる。死骸が見つかって騒然となったのは、確かに夜明け前のその頃だった。

　これに照らすと、山内が殺されたのは戌の刻から寅の刻の間、となるが、さすがに幅が広過ぎた。それに、斬られてから山内はしばらく生きていたらしい、ということもある。二人の死骸を医者に調べさせればもっと絞れたろうに、と新九郎は臍を噛んだが、ここでは叶わない。

「どういう道筋で、見回りを」

門田は扇で床に描くようにして道筋を示した。本丸から北曲輪、二の丸、三の丸、龍口曲輪、南二の丸、西曲輪を巡って戻る。侵入の形跡がないか、足軽どもが寝入っていないか、主にそうしたことを調べるが、毎夜の話なので、形だけになってしまうところもあるようだ。道筋は厳密なものではなく、その都度追加したり省いたり、各人の裁量に依っていた。

「見回りの最中、何か不審なことはございませんでしたか」

「ござらぬ。あれば、とうに申しておる」

門田は、むっとしたように答えた。当然、そんな抜かりはないだろう。故意に見逃したのでない限り。

「見回りの順番を待つ間、皆様方は広間においでか」

「いいや。ずっと広間で待つわけではない。好きに出入りしておる。屋敷に帰ってしばらく寝ることもある」

これは不都合だった。誰も、互いが夜中にどこにいたか、はっきりとは言えないわけだ。

「次郎左衛門殿は、どうしておられましたか」

「それがしは……杉浦様が最初の見回りに出られた後、屋敷に帰って少しばかり飲んでおった。配下の者が、畠山様が見回りを終えられると知らせに来たので、畠山様が本丸に戻られる少し前に本丸広間に入った」

そう答える門田は、いささかばつが悪そうに見えた。恐らく、飲んでしばらく寝ていたのだろう。本丸警護役という役目からすると、胸を張って言えるものではない。

「次郎左衛門殿の配下の方々は、本丸で警護についておられたのでしょう。その方々は、何も見ていないのですか」

「いかにも、本丸には警護の兵、五十人ばかりが常におる。しかし専ら外に向けて守りを固めておるわけで、本丸屋敷の内には目を向けておらぬ」

「それでも、夜中に何か気配を感じたり、常ならぬ音を聞いたりした者がおるのではありますまいか」

「む……そういうことは聞いておらぬが」

歯切れが悪くなったところを見ると、配下の者たちに質してはいないのだろう。

「物置は奥まっておるので、兵がおる場所から最も遠い。少々音がしても聞こえはすまい。まあ、今一度、確かめておく」

「お願いいたします」

他に気付きはないか、念を入れて聞いてみたが、これはという答えは返ってこなかった。新九郎は礼を述べ、次の相手のもとに向かった。

畠山刑部は、向き合った新九郎を冷ややかな目で見返した。主君からの命とはいえ、余所者にあら探しをされるようなことが、面白くないのだろう。それはよくわかるので、新九郎はできるだけ下手に出た。

「戦の最中、わざわざお手間を取らせ、申し訳ございませぬ」

「それはよい。何が聞きたいのか」

応じる言葉にも、不快さが混じっているようだ。わざとかもしれないが。

「昨夜、本丸他の見回りをされたときのことでござる。見回りに出られたのは、概（おおむ）ね亥の刻頃と拝察いたしますが」

「亥の刻かどうかなど、はっきりとはわからぬ」

ぶっきら棒に返したものの、杉浦の見回りから蠟燭一本分の間があることは認めた。門田の言う通りだ。

「主膳殿を最後に見られたのは、見回りの前でしょうか」

「拙者ではなく、兵庫殿が最初の見回りに出られる前じゃ。見回りを断り、退出された。その後は、屋敷に戻られたはず」

これも門田と同じだ。山内が本当に一旦屋敷に戻っていたか、確かめておかねば。

「物置には、入られましたか」

「板戸を開けて、手燭で照らした。特に変わったことはなく、無論、主膳殿の死骸もなかった」

「つまり、覗いただけで入ってはおられぬと」

この問いに、畠山は少しむっとした顔になった。

「空同然の物置を、わざわざ入って検めようとは思わぬ」

それがおかしなことか、と言いたいようだ。新九郎は一歩引いた。

「おっしゃる通りでございますな。では、物置の他、本丸屋敷の内に変わったところはございませんでしたか」

「ない。あればとうにそう申しておる」

畠山は苛立ちを露わにし、門田と同様の台詞を吐いた。聞き方が拙かったか。

「本丸以外のところでは、如何でしょう。刑部殿ほどのお方の目なら、少しでも不審があれば、並みの者が気付かぬようなこともお見逃しなされぬと拝察いたしますが」

少しばかりおだててやると、「ふむ」と頷いて機嫌を直した。思ったより単純な男らしい。

「誓って申すが、不審と言えるようなことは、何も目にしておらぬ。他の夜に比べても、平穏とさえ言ってよい。主膳殿のことを除けばだが」

「平穏、でございますか」

「羽柴勢がここを囲んでから毎夜、羽柴勢の手の者、恐らくは乱破の類いが、度々物を投げ込んだり、当たらぬを承知で矢を射込んだりしおる。眠りを妨げる嫌がらせ、じゃな。それが昨夜は、龍口曲輪に矢を射込んできた一度だけであった」

そう言えば、自分がここに来た一昨夜は、夢うつつに何か騒ぎのような音を微かに聞いた気がする。昨夜は全く気付かなかったが、どうやら眠れぬと思っていたのに、実は結構深く寝ていたらしい。そう思うと、新九郎は少しきまりが悪くなった。

「それについてですが、どう思われます。抜け穴で死んでいた乱破と、関わりがあるということは」

「あるやもしれぬ。まあ、何とも言えぬが」

畠山は、思案するように首を傾げた。

次は、湯上谷左馬介の番であった。

「昨夜の見回りのことか。怪しいものなど、何も見ておらぬ」

湯上谷は新九郎と同年輩に見えるので、多少は打ち解けるかと思ったが、畠山以上に無愛想な応対だった。

「あの物置に入られたときは……」

「入っておらぬ。戸を開けて覗いただけじゃ。そのとき、主膳殿も誰も、中にはおられなんだ」

思った通りの答えが返ってきた。幾つか確かめてみたが、門田や畠山の言ったのと、ほぼ同じだ。やはり、誰の見回りの際にもおかしなことはなかったのだ。どうやら、龍口曲輪の一件以外、異変は物置部屋と抜け穴の中だけで起きたと見て良さそうだ。

新九郎は取り敢えず得心したが、湯上谷だけには聞いておきたいことがあった。

「左馬介殿。昨日昼、本丸と二の丸の間の石段の陰で、主膳殿と何を話しておられたか、伺ってもよろしいか」

　湯上谷の顔に、明らかな動揺が表れた。

「何故そのような……見ておったか」

「たまさか、通りかかりましたゆえ」

　湯上谷が、顔を顰める。

「大した話ではござらぬ」

「ほう。言い争いをなさっているように見えましたが」

　湯上谷は、聞こえるほどに舌打ちした。

「言い争い、というほどではない。いささか、思うところに相違があった。それだけのこと」

「何について、どのような相違です。例の、主膳殿の娘御のご縁のことですか」

「そのようなことではない！」

　重ねて聞くと、湯上谷の顔に朱がさし、足に力が入った。怒って摑みかかろうとしたのかもしれないが、そこで思いとどまったらしく、肩を揺すって座り直した。

「主膳殿は、弱気に過ぎたのじゃ」

「ふむ……弱気、ですか」

湯上谷は、苦虫を嚙み潰したような顔で続けた。

「そなたの届けられた密書で、毛利の加勢が来ぬと知り、多勢に無勢という今の様子では、固く城に籠っても先の見通しが立たぬ、城を出て備前に移り、宇喜多殿の助力を得て再起を図るという手もある、などと口にされたのじゃ。そのようなこと、承服できぬ。綱引城の孫三郎様と呼応し、打って出て筑前めに一泡吹かせねば、この身が収まらぬ」

なるほど。この湯上谷は、血気盛んで一本気のようだ。一方、山内は他人頼みに過ぎる。まともに一戦も交えず退く、などという考えは、湯上谷にとっては我慢ならないのだろう。だとすれば……。

「考えておられることは、わかる。それがしが言い争いの遺恨で主膳殿を斬ったやも、となっ。だが、誓ってそのようなことはしておらぬ。信じるかどうかは、勝手だが」

「いやいや、そのように早まられるな。そりが合わぬというだけで、重臣同士斬り合いをしたなどとは、思いませせぬ」

新九郎は笑って手を振った。だが、杉浦と香川が山内の死骸を見つける前、最後に物置に入ったのが湯上谷である以上、疑いは充分にある、ということは言わなかった。

三人から話を聞き終えると、新九郎は杉浦のところへ行った。

「お三方とも、変わったことは目にしておられませぬな」

そう知らせると、杉浦は大きく頷いた。

「三人の話には、食い違いがなかったということか。では、今のところ誰が主膳殿を斬ったかの手掛かりは、見つかっておらんのじゃな」

「はい。そう簡単に見つかるとも思うておりませんが」

調べは、まだ始まって間もない。肝心なのはこれからだ。

「ところで、兵庫殿が最初の見回りをなされましたとき、物置には入られましたか」

「うむ、入った」

「覗いただけでなく、入られたのですな。やはり、何もありませんでしたか」

「入って真ん中まで進み、見回してみたが、変わったことはなかった」

「そうですか」

別に何かを期待していたわけではないので、新九郎はあっさりと受け流した。

「二度目、主膳殿の死骸を見つけられたときは、助右ヱ門殿とご一緒だったのですな」

「そうだが」

「最初の見回りはお一人で、二度目はお二人、というのは、何か理由でもございましたか」

「理由というほどのものはない。見回りに出たとき、起き出して本丸に上がってきた助右ヱ門と鉢合わせたので、見回りに付き合えと申したまでじゃ」

「その場の思い付き、でございますか」

香川は、それまで寝ていたということか。なら、異変があっても気付いてはいまい。

「左様」

杉浦は、期待しているのか無駄と思っているのか、どちらとも判じかねる目付きで新九郎を見ると、「まあ、お任せしておく」とだけ言った。新九郎は「はっ」と一礼し、その場を辞した。

六

日が傾きかけた頃、新九郎はまた物置に入った。自分一人だけで、もう少し詳しく検分しようと思ったのだ。床の血はすっかり乾いて、黒い染みになっている。新九郎はそれを一瞥（いちべつ）し、周りを調べ始めた。

壁を調べているとき、それに気付いた。昨夜は見えなかったごく小さな黒い点々が、抜け穴の入口近くにあったのだ。素人なら見過ごしたろうが、奉行所同心の目で見れば、それは飛び散った血痕に相違なかった。大いに気を引かれた新九郎は、さらにその付近を調べた。置かれていた長持と櫃の表面にも、幾つか小さな血痕が見つかった。一方、床に同じようなものは見つからなかった。

(さて、これはどういうことか)

飛び散った血、というのは、抜け穴から這いずって来たらしい山内の死骸の様子とは、噛み合わない。新九郎は、思案しながらその血痕をじっと見つめた。

「考え込んでおるな」

後ろから声がした。振り向くと、板戸のところに奈津姫が立っていた。

「何か見つけたか」

奈津姫は、長持を避(よ)けて歩み寄ると、新九郎の隣に立って壁を睨んだ。

「奈津には、何も見えん」

奈津姫が眉間に皺を寄せるので、新九郎は血痕を指で示してやった。奈津姫の目が、輝いた。

「これは、手掛かりか」

「そう言ってよろしいでしょう」

「これで、何がわかる」

「何が、と言われても困りますが」

新九郎は苦笑を漏らした。

「少なくとも一人が、ここで斬られたらしいということは」

「ここで？」

奈津姫は眉を上げ、新九郎を見た。

「主膳も乱破も、抜け穴の中で殺されたものと思うたが」

「それが間違いとも断ぜられませぬ。ここで斬られ、抜け穴に逃げ込んでから追ってきた者に止めを刺されたかも」

「二人ともか」

「一人か二人か、この血の痕だけではわかりかねます。確かなのは、誰かがここで斬られた、ということだけで」

「じれったいのう」

奈津姫が膨れっ面をする。

「もっときっぱり、物事を断ぜられぬのか」

「殺しの調べとは、こういうものでござる」

見つけたことから勝手に推測を広げ過ぎれば、道を誤る。何事も確かな証しに基づくこと。いい加減な調べで見立てをすれば、江戸の奉行所なら、こんなものを御白洲に出せるかと吟味与力にどやされるところだ。

「他には、何かわかったことはあるか」

血痕への興味が薄れたらしく、奈津姫が聞いてきた。少し躊躇ったが、今朝がた会ったとき、何かわかったら教えろと言われ、否とは返事しなかったのを思い出し、門田らに聞いたことを話した。

「ふうん、そうか」

奈津姫は、あまり感心していない風に言った。

「皆、本当のことを言っておるのか」

それはこっちが聞きたい。だが、話した様子から言えば、嘘はないように思えた。

「姫様は、重臣たちを信用するなと仰せでしたが」

疑いでもあるのか、と水を向けたが、奈津姫はそれに直には答えず、唐突に言った。

「主膳は、見回りに出ぬと申してから、屋敷には戻っておらぬのじゃな」

「はい、そのようです」

それは先刻、山内の屋敷の者に確かめてあった。

「主膳は、乱破と何をしていたと思う」

それは今朝、新九郎がここで杉浦と香川に向かって告げたのと、同じ疑問だった。

「姫様には、何かお考えがございますか」

奈津姫は唇を歪め、ただひと言で言った。

「内応(ないおう)」

「何と」

城主の姫が口に出すには、あまりに大事であった。だが、新九郎もそのことは考えていた。

「主膳殿が織田方への内応を策しており、乱破はそのことで伝えることがあって来た、とお考えですか」

「主膳と乱破が斬り合ったのではなく、誰かが二人を斬ったのだとしたら、主膳と乱破は敵同士ではなかったことになる。となれば、乱破は内応についての話で主膳に会いに来た使者の役割であった、と推察できよう」

それについては、新九郎の考えも同じであった。思った通り、奈津姫は相当に頭が良い。しかし自分の家中の裏切りについて、余所者の新九郎にこうもあけすけに話すとは、どういう肝っ玉をしているんだろう。

「では姫は、主膳殿の裏切りに気付いた誰かが、二人を斬ったと言われるのですね」

「そうじゃ」

答えた奈津姫の顔に、ふっと影がさした。そこで新九郎は気付いた。肝っ玉ではない。奈津姫は自身で言った通り、家中の誰も信用できないでいるのだ。それというのも、姫自身の洞察の鋭さが仇（あだ）になっているのに違いない。姫は孤独なのだ。

新九郎は決めた。この姫には、真摯に向き合おう。余所者の自分しか、信用できる者がいないのであれば。

「龍口曲輪へ矢が射かけられたことについては、如何思し召されます」

「乱破が忍び入る手助け、であろうな」

城兵の気を逸らすためであれば、ある程度役に立っていた。

「しかし、乱破一人のために、普通そこまではするまい。やはりあの乱破、大事な役目を負っていたのじゃ」

新九郎は、「おっしゃる通りです」と頷いた。

「一つ、大きな謎がございます」

「うん?」

「裏切者と乱破を成敗したのなら、大手柄であるはず。家中の引き締めにも役立ちましょう。なのに、成敗した者が名乗り出ないというのは、解せません」

「それは……」

言われて奈津姫も、その答えがないとわかったようだ。顔に困惑が広がった。

そのときである。新九郎の耳が、微かな音を捉えた。床板の軋み。新九郎はさっと動き、開いている板戸から首を突き出した。誰も見えない。が、屋敷の表側の方で、小走りに廊下を走る足音が聞こえた気がした。

「如何したのじゃ」

奈津姫が、幾らか不安の混じった声をかけた。

「もしや、誰か今の話を聞いておったか」

「は……しかとはわかりませぬが」

「ふん。言うた通りじゃろう。誰が何を考え、何をしておるか、知れたものではない」

奈津姫は眉間に皺を寄せ、廊下の先をじっと睨んだ。

奈津姫が奥に戻った後、新九郎は物置の周りを歩いて近くに誰もいないのを確かめてから、板壁を上げて抜け穴に入った。この前の検分で使った手燭が火打石と一緒に石段の脇に置かれており、新九郎はそれに火を灯して狭い石段を下りた。放置されたままの乱破の死骸のところに行き、膝をつく。一日近く経って、少し臭い始めていた。夏場でなくて良かった、と新九郎は思った。夜になってから運び出し、どこかに埋めると杉浦が言っていたので、その前に念のため一人で調べておきたかったのだ。

死骸があるのは洞穴の部分で、壁も床も岩である。湿気があり、水の溜まった窪みもあった。もともと足跡などは残り難いうえ、重臣たちに踏み荒らされているので、新たに何か見つかるとは思えなかったが、一応は調べてみる。やはり、足跡も手の跡も、何かぶつかったような傷も、どこにも見えなかった。血痕も、判別できない。

死骸のところに戻り、懐を探ってみた。死骸を見つけたときに一通り検めて、小刀一本しか持っていなかったのは承知している。それでも、着物の内張りや縫い込みに隠した密書でもないか、念入りに調べた。

残念ながら、何もなかった。手拭い一本見つからない。山内の死骸にも、密書のようなものはなかった。姫の言うように内応の段取りを知らせに来たのなら、口で伝えるだけだったのだろう。

諦(あきら)めて立ち上がりかけ、ふと何か足りないような気がして、もう一度死骸に目を落とした。乱破の顔を見る。新九郎は首を傾げた。この男、忍び込むのに顔を曝(さら)したままだったのだろうか。

(盗人(ぬすっと)でも大概、頬かむりくらいはするものだが)

忍びの技に優れ、顔を見られない自信があったのか。見られてもどうせ誰なのかわからない、と構わなかったのか。そう考えてもみたが、得心がいかなかった。大して邪魔になるわけでもなし、何か顔と頭を覆うものくらい用意するだろう。だが、そんなものは見当たらなかった。

釈然としないまま、新九郎は物置の方へ引き返した。石段を上がり、手燭を置いて板壁を押し開けた。だが、壁は動かなかった。

（妙だな）

もっと力を入れて押してみた。ほとんど動かない。何かの拍子に、閂のようなものがかかってしまったのか、と思って手燭を掲げ、板壁の四隅を調べた。閂や鍵のような細工は、何もなかった。物置の側にも、そんなものはなかったはずだ。

新九郎はもう一度、力任せに押した。微かに動いたようだが、開くことはできなかった。何か物置の側で、板壁が開くのを邪魔しているものがあるらしい。板壁を、どんどんと叩いてみた。そうしてしばらく待ったが、誰か来たような気配はなく、壁は動かないままだ。

（仕方ねえな。反対側から出るか）

新九郎は再び石段を下りた。手燭は、持ったまま井戸を登れないと思い、そのまま置いてきた。抜け穴に下りて少し進むと、先の方にぼうっとした明かりが見える。まだ日暮れ前なので、空井戸から光が入っているのだ。新九郎は足元に気を付けながら、そちらに歩いた。途中、危うく死骸の腕を踏むところだったが、どうにか支障なく井戸の底に辿り着いた。

真上を向くと、四角く切り取られた夕暮れの空が見えた。内壁には、削り込んだ足掛かりが幾つかある。新九郎はその一つに手をかけ、体を引き上げた。そのまま、ゆっくり一歩ずつ登っていく。足掛かりには狭いものもあるので、踏み外さないよう注意が必要だった。

最後に井戸の縁を摑み、ぐっと力を込めた。顔が、井戸から出た。新九郎が上がってくる気配に気付いた足軽が井戸の周りに集まっていて、一人が手を貸そうと前に出た。やれやれ、と安堵した瞬間、足が滑った。体が底に落ちそうになる。危ない、と両腕を突っ張り、どうにか落ちずに済んだ。そのとき、頭の上を何かがひゅっと飛び過ぎた。

「うっ、くそっ、また乱破か」

足軽組頭が叫ぶ声がした。井戸の周りが騒然とする中、新九郎は足軽の助けを借りて、這い出した。

「危のうございますぞ。お気を付けを」

　組頭が、頭を下げるよう手で示した。

「どうした」

「乱破でござる。矢を射込んでまいりました」

　組頭は、城壁の裾を指差した。そこの土に、矢が一本突き刺さっていた。さっき新九郎が足を滑らせたとき、頭上を飛んで行ったものに違いない。

「井戸に落ちかけて、助かりましたな」

　言われて、ぞっとした。足を滑らせなければ、井戸から突き出した頭に命中していたところだ。紙一重、だった。乱破によるこういう揺さぶりは、毎日のようにあるそうだが、そんなもので命を落としては堪らない。

「確かに、危なかったな」

　新九郎は動じていない風を装って言うと、射られた矢を見た。そして、おや、と思った。反対側を振り向く。新九郎は、唇を引き結んだ。突き刺さった角度からすると、その矢は本丸と北曲輪の間辺りから射込まれていた。つまりこの矢は、城内から飛んで来たのだ。

急いで本丸に戻った新九郎は、駆け込むようにして物置に入った。抜け穴の入口を見ると、壁に長持が二つ、押し付けられていた。左手奥の壁際にあったものを誰かが動かしたようだ。空であっても長持そのものは重さがある。一つなら動かせても、二つ並べて置かれれば、板壁を抜け穴側から押しても開かないのは当然だった。

これはもう明らかだ。誰かが新九郎が入った後この入口を塞ぎ、井戸の方から出ざるを得ないようにして、弓矢で狙い、待ち構えていたのだ。

(俺に生きていられると、具合が悪い奴がいるのか)

そこで思い当たるのは、先ほど奈津姫と話していたとき、誰か聞いていた者がいたようだ、という件である。そいつは、「内応」という言葉を耳にしたのだろう。もし山内以外にも内応している者がいるなら、それについて新九郎に調べられては厄介だ。ばれる前に始末しよう。そう考えたとすれば、筋が通る。

(これは……ずいぶんと面白くなってきやがったぜ)

新九郎は腕組みし、引きつった笑みを浮かべた。

表に出ると、城内ではかがり火が焚かれ始めていた。新九郎は、本丸の北西の隅に行き、そこの城壁に開けられた四角い狭間から向こう側を覗いた。西曲輪の外の空井戸と、その周りを固める足軽たちが、かがり火に浮かんではっきり見える。新九郎は振り向くと、ちょうど歩いて来た本丸詰めの足軽組頭に聞いた。

「先ほど、四半刻ほど前だが、ここに誰か来なかったか」

「え？　さて、それは……本丸を守る人数は、主に南側と東側に配されておりますゆえ」

「誰も見ていないのだな」

「はあ。何かございましたか」

本丸の守りについている割には、のんびりした組頭だ。まあ、籠城が長きにわたれば、朝から晩まで気を引き締めておくこともできまい。

「ここから矢が射られたようなのだが」

「ここから、でございますか。ふうむ」

組頭は、首を捻っている。

「乱破か何か、見つけて射たのでしょう。弓矢は、そこに備えてございます」

組頭は、本丸屋敷の裏にあたる場所を指し、雪隠かと思うような場所の戸を開けた。新九郎が感心したことには、十張りほどの弓と数十本の矢がしまわれていた。

「守りの持ち場ごとに、武具の置き場が造ってあるのだな」

「左様です」

覗き込んで何やら確かめていた組頭が、頷いて言った。

「矢が一本、足りませぬ。言われるように、誰かがここから、乱破に向けて射たのでしょう」

「わかった。もう良い」

組頭は一礼して、去った。新九郎は、城壁に戻って再び狭間から井戸の方を見た。やはり、ここから新九郎を狙ったのだ。すぐ傍に置いてある弓と矢を使えば、弓矢を持ち歩いているのを見られることもない。すぐ下の北曲輪では多くの城兵が守りを固めているが、人数に限りがあるこの城で、手薄になっているのがここだった。うってつけだ。

「さていったい、どいつの仕業か」

新九郎は小声で呟いた。

新九郎は、杉浦の屋敷に戻ろうと、本丸の表の方から二の丸へと回った。狙われている以上、夜はあまり動き回らない方がいい。それに、腹も減ってきた。籠城の兵糧なので、ろくなものはないが、何とか腹の足しにはなる。江戸の天婦羅や焼き魚や蕎麦が恋しかった。

（籠城が長引いたら、真っ先に飢え死にしそうだぜ）

苦笑したが、この城を出ても食い扶持にありつける気はしなかった。

二の丸のかがり火も、もう全て焚かれていた。毎夜焚いていると、薪だけでも大変だろう。もっとも、兵糧と違って山から切り出せば、幾らでも補充できる。

かがり火の一つを通り過ぎかけ、足を止めた。何かが、かがり火から落ちたのだ。木の灰ではない。布切れのようだった。

新九郎は、その布の燃え残りらしきものを拾い上げた。長さ一尺半（約四五センチ）ほどの布だ。裂いたような跡がある。かがり火に近付けてみると、灰色の部分が残っているが、大方は黒ずんでいた。しかし、焦げて黒くなったのではなく、染みのようだ。

新九郎は、じっと目を凝らした。江戸でも、こんなものを見たように思う。そっと鼻を寄せ、嗅いでみた。焦げ臭さに混じって、微かに血の臭いがした。新九郎は眉を顰め、その布切れを懐に入れた。

杉浦の屋敷に向かいかけ、新九郎はふと気になって城壁近くに寄り、向かい側を見た。東南の方角の山が、ずらりと並んだかがり火に照らされて、祭りの夜のようだ。中でもひと際明るい中腹の一角が、羽柴秀吉の本陣だろう。

(あっちは、何を考えてやがるのか)

大軍でここを囲んでおいて、何故一気に攻めかかってこない。何を待っている。やはり奈津姫の見る通り内応する者がいて、そいつが動くのを待っているのか。

(何とも不気味な城だぜ)

新九郎は身震いすると、秀吉の陣に背を向け、屋敷へ歩いて行った。

七

「それで、何か新しいことはわかったかの」

夕餉を済ませた後で、杉浦が聞いた。

「いや、まだございませぬ」

新九郎はそれだけ答えた。隠したというわけではない。はっきり、何か手掛かりを見つけた、という確信がないのだ。抜け穴の出口で殺されかけたことも、敢えて言わなかった。問われたわけではないし、重臣の誰も信用できないという奈津姫の言葉が、胸の奥に沈んでいた。

「左様か」

杉浦も、深くは聞いてこなかった。関心がないはずはないが、急いても仕方がないと思っているのだろう。杉浦には、他に気にせねばならないことは幾らでもある。

「今宵も、見回りに出られますか」

「無論。あのようなことがあった以上、先より気を入れて回らねばならぬ」

さらに厳重に、か。

「ときに兵庫殿、物置の抜け穴の入口ですが、あれには鍵などないようですな」

「うむ。隠し扉ゆえ、鍵はない」

「反対側は蓋もない空井戸。今は見張りがおるのでよろしいですが、あの乱破のように隙を見て忍び入られたら、簡単に本丸屋敷に入り込めてしまいます。不用心では」

「ああ、いかにも」

杉浦は、その通りと首を振る。

「ふだんは蓋代わりに、あの入口になる壁の前に、長持を置いておる」

「長持で塞いでおるわけですか」

やはり、と新九郎は思った。自分がされたことと同じだ。が、そこで杉浦が、ぎくりとしたように酒杯を持った手を止めた。

「そう言えば、昨夜以来長持はどけられたままじゃ。また何者か、入り込んだと言われるのではあるまいな」

慌てたように言うので、新九郎は「いえいえ」と手を振った。

「それはございません。ただ、お確かめしたいのは、昨夜の最初の見回りの折、その蓋代わりの長持は、どうなっておりましたか」

「それは」

杉浦は、首を捻った。

「ちゃんと入口の前にあったと思うが」

言ってから、杉浦の顔に不審が浮かんだ。

「これは……長持をどけて入口を開けられるようにせねば、主膳殿は抜け穴に出入りできぬ。となると……」

杉浦の表情が硬くなった。

「乱破と鉢合わせするには、主膳殿自身が長持をどかすしかない。ならば主膳殿は、乱破が来るのを知っていたことになる」

やっと気付いたか、と新九郎は内心で肩を竦めた。長持のことを知っていたなら、もっと早くそのことを考えて然るべきだろう。やはり鶴岡が言うように、この城の連中は武骨者ばかりで、筋道立てた考えは苦手らしい。

「まさか、主膳殿が……」

内応、という言葉は出さなかったが、杉浦の顔は苦渋に満ちていた。

「何、矢で射られたと！」

翌朝、また本丸の物置で会った奈津姫は、目を剝いた。

「だから、気を付けよと申したではないか。何としたことじゃ」

気を付けよと言われた覚えはないが、その顔からすると大層心配してくれているようなので、「いえ、大事ございませんので」と言うにとどめた。

「昨日、奈津との話を盗み聞きしておった者の仕業じゃな」

奈津姫は、もう決めつけている。だが、他の心当たりもなかった。

「その長持か」

奈津姫は、ずかずかと抜け穴の出入口を塞いでいる長持に歩み寄った。山内の血の痕を踏んでいったが、もう黒い染みになっていることもあり、気にした様子はない。

それにしても、と新九郎は思う。姫と会うのがこんな血腥い場所でばかりとは。他の者の目があるので、大っぴらに姫の住まいには行けないだろうが、どうも奇妙な逢引きをしているようで、落ち着かなかった。

「ふうん。二つ並べて押し付けてあるが、一つずつ引きずったのかな」

姫は足元を見やった。引きずった跡を見つけようとしたのだろうが、床はそういう跡だらけだ。ここから武具を運び出したとき、さんざん長持などを動かしたからだろう。

「もともと、この壁の出入口は長持で塞いであったとか」

杉浦から聞いた話をすると、奈津姫はすぐに「では、主膳が長持を動かしたということじゃな」と言った。杉浦より、だいぶ話が早い。

「二人を斬った者は、その気配に気付いてここに入り、二人を見つけたのであろうか」

「さあ、それは何とも」

新九郎は、話を変えた。

「さて、本丸の狭間からそれがしを射た者ですが、空井戸までおそらく三十間（約五五メートル）程はあり申す。相当な腕と思われますが、ご家中で弓の名手と言えば」

「そうか。弓が得意なのは刑部じゃが」

ほう、畠山か。俺が射られたときどこにいたか、確かめられるだろうか。

「しかしそのくらいの腕なら、十人は下らぬ。本人でなくとも、配下の者に言い含めてやらせることはできよう」

そうだった。今は戦国の世だ。人を射ることなど、難しくも珍しくもあるまい。

「なるほど。ごもっともです」

「どうも、まだ五里霧中（ごりむちゅう）のようじゃの」

そう言う奈津姫の声は、何やら楽しんでいるようにも聞こえた。

本丸広間の控えの間に行くと、ちょうど畠山がいた。

「これは刑部殿。昨日はお手間を取らせました」

畠山は、絵図を見ながら何か考えていたようだ。新九郎が覗き込もうとすると、絵図を畳んで脇にどけた。

「また何かご用か」

「いえ、用と申すほどでは」

ここでちょっとカマをかけてみる。

「昨日夕暮れの頃、本丸の隅でお見かけしたように思いましたが」

「さて、そうであったか。あちこち歩き回っておったのでな」

捉えどころのない答えだ。こちらも、はっきりとした刻限がわからないので、それ以上は確かめようがなかった。

「奈津姫様のお話では、弓がお上手とか」

「ああ、まあ、そこそこはやる」

そんなことを聞きに来たのか、という顔をされた。

「近頃の戦では、左馬介のように鉄砲の方が良いと言う者もおるがな、あれはどうも馴染(なじ)めん」

今はちょうど、戦の主役が弓矢から鉄砲へと移っていく時期なのか。いかにも戦国らしいな、と新九郎は思った。

「ところで、一昨夜の見回りであの物置を覗かれたときのことですが」

「何だ、またそこか」

「はい。そのとき、抜け穴の出入口のところに、長持は置いてありましたか」

「長持？」

何を言われたのかよくわからない、という表情をしたが、すぐに思い当たったようだ。

「ああ、そうか。抜け穴の入口を塞ぐのに、長持を置いてあったな」

「一昨夜の見回りのときも、そのままに？」

「いや、覚えがない」

新九郎は、がっくりした。

「覚えてはおられませぬか」

「特に長持に気を付けておったわけではない。不審な者がいないか、確かめただけじゃ」

畠山の答えはにべもない。そんなことはどうでも良かろう、と言いたげだ。

「左様でございますか。わかりました」

仕方がない。幾ら重ねて聞いても、これ以上はっきりすることはないだろう。

次は、門田に確かめよう。

門田の姿は、見えなかった。城の侍たちに聞いても、どこに行ったか知らないようだ。まさか敵方に走ったのではあるまいな、と思ったが、さすがに口にはできない。

(門田が山内と乱破を殺し、出奔したということはあるだろうか)

機会はあったろう。見回りで物置に入ったときは、一人だったはずだ。そこで山内らを斬ったとしても、誰も見てはいない。が、それは畠山にも湯上谷にも言えることだった。

杉浦が見回りを始める直前まで、山内主膳は生きていた。それから屍骸が見つかるまでおよそ四刻(約八時間)。持ち場についていた城兵は除外するとして、重臣たちは皆、その間に二人を殺すことができたろう。城主鶴岡さえ、寝所から忍び出て物置に行くことはできる。

(やれやれ、どいつもこいつも下手人になり得るのか)

新九郎は溜息を吐いて、門田を見つけようと本丸を歩き回った。

「どうかしたか」

いきなり、鶴岡に呼び止められた。

「ああ、式部様。門田次郎左衛門殿を捜しております」

「次郎左衛門に何か用か」

「はい、少しばかり確かめたいことが」

「左様か……」

鶴岡は少し躊躇ったが、「これへ参られよ」と新九郎を差し招いた。言われるまま小部屋に入ると、鶴岡は声を低めて言った。

「次郎左衛門は、夜明け前に使者に立たせた。三木城じゃ」

三木城、と聞いて新九郎は強張った。新九郎自身が、織田方からの離反を密書で知らせた城ではないか。

「三木城と呼応し、羽柴勢を挟み撃ちにする。その手筈を調えに、な」

なるほど、と新九郎は感心した。このまま策もなく籠城を続けても、毛利の加勢がなければいずれは落城する。その前に、こちらから仕掛けようというのだ。

「お見事でございます」

鶴岡は、しっ、と新九郎を窘めた。

「誰が聞いておるやもしれぬ。このこと、重臣らとそなたしか知らぬ。良いな」

「わかりました」

新九郎は口をつぐみ、頭を下げた。

門田は帰ってくるまで待つことにし、新九郎は湯上谷と会った。

「長持？　妙なことを聞かれるな」

湯上谷は、首を捻った。

「抜け穴の入口を塞いであったかどうか、ということか。それならば、なかったな」

畠山と違い、湯上谷の答えは明瞭だった。

「抜け穴の出入りを邪魔するものはなかった、と」

「うむ」

「よくわかり申した。かたじけない」

「それだけか」

湯上谷は驚いたような顔をしていたが、新九郎は構わず、その場を辞した。

廊下に出ると、後ろの方から「姫様、姫様」と呼ばわる声がした。振り向くと、板塀の後ろから奈津姫が出て来るところだった。すぐ後ろから、侍女が追うようについてくる。

「姫様、お戻り下さいませ。本丸の方々に、お邪魔になりまする」

「構わぬ。邪魔しておるわけではない」

奈津姫は、侍女を払いのけるように手を大きく振り、真っ直ぐ新九郎の前に進んできた。

「どうじゃ。わかったことはあるか」

性急に問われ、新九郎は苦笑した。さっき会ってから、まだ二刻（約四時間）も経っていない。

「そうしょっちゅう尋ねられましても、なかなかにはかどりませぬ」

「なんだ、つまらない」

奈津姫は、ふんと鼻を鳴らして縁先から廊下に上がった。

「あの後、また矢が飛んで来たりは、しなかったか」

「それは、ございませぬ。この通り、何事もなく無事でござる」

「そうか。ならば良い」

気にかけてくれているようなので、新九郎は微笑んだ。

「今一度、物置をご覧になりますか」

「うん。構わぬが、そなたと会うのは物置でばかりじゃな」

新九郎も同じことを思っていたので、つい噴き出した。奈津姫も、誘われたように笑った。


物置に入ると、新九郎は抜け穴の前の長持を指した。昨夕から動かされてはいない。

「これはそちらにあったものを動かしたようですが」

新九郎は左の壁際を指した。

「そうじゃな」

「さてこれは、以前からここを塞いでいた長持と、同じものでしょうか」

「何？」

奈津姫は、新九郎が何を言いたいのかわからなかったようだ。

「同じかどうかが、大事なのか」

新九郎は答えず、長持を指しながら言った。

「左手の壁からは二間（約三・六メートル）ほど。少し遠いですな」

「だから何だと言うのじゃ」

　奈津姫は焦れったそうだ。新九郎はそのまま続けた。

「抜け穴に出入りするため、長持をどかすなら、そのまま横に一間も滑らせれば充分です。なのに、長持は左手の壁と、三間（約五・五メートル）近く離れた板戸の少し手前に置かれていた。何故でしょう」

　新九郎は、板戸の前側の長持を指した。奈津姫は、まだ首を傾げている。

「何を言っているのかよくわからぬが。主膳が長持をどけたとき、二間も三間も動かしたのはおかしい、と申すのか」

「左様です。特にこの、板戸の前の長持です」

　新九郎はその長持に歩み寄り、手で叩いた。

「出入りの邪魔になるところに、わざわざ置くとは。現に、足をぶつけたお方もいる」

「ふむ。確かに邪魔じゃが」

「動かしてみるとしますか」

　新九郎は長持に手をかけ、ぐっと押した。空の長持は、床を滑って動いた。

「だから、これが何だと……あっ」

長持がどけられた後の床を見た奈津姫が、息を呑んだ。

「何じゃ、この黒い染みは。血か」

奈津姫が指差した床には、乾いたどす黒い染みが、べったり付いていた。

「いかにも、血です」

新九郎は満足の笑みを浮かべて頷いた。

「これが、長持がこんな邪魔な場所に動かされた理由ですな」

「それは……」

奈津姫が言いかけたとき、山間（やまあい）に遠い雷のような音が轟（とどろ）いた。続いて、鳥が一斉に飛び立つ羽音がした。

「あれは？」

新九郎が眉を顰めると、表情を硬くした奈津姫が言った。

「鉄砲じゃ。どちらが撃ったかはわからぬが」

八

鉄砲の音を聞いて、重臣たちが広間に集まっていた。皆、鎧を着けている。具足を持たない新九郎は、場違いな感じがして居心地が悪かった。

「織田方の鉄砲じゃな」

鶴岡が、確かめるように言う。湯上谷が頷いた。この城の鉄砲隊は、彼の配下にあるようだ。

「鉄砲組は、皆城内におり申す。それに、弾も火薬も限りがあります故、決して無駄撃ちはしないよう厳に申し付けております。我らの鉄砲では、ありませぬ」

「いったい何を撃ったのであろうな」

杉浦が、誰にともなく問うた。畠山は、大したことではないとばかりに言った。

「おおかた、滞陣に飽いて獣でも撃ったのであろう。今宵は、猪肉(ししにく)で酒宴じゃな」

「我らを挑発したつもりでは」

湯上谷が言ったが、畠山は鼻で嗤った。

「あんな間の抜けた挑発があるものか。城壁を狙うならともかく、離れたところで一発だけじゃぞ」

「いや待て。城の周りに潜む乱破どもへの合図やもしれぬ」

杉浦が、眉間に皺を寄せながら言う。

「合図、と。何の合図でしょう」

「それはわからぬ。何やら仕掛けてくるつもりかもしれぬ」

それを聞いて、重臣たちは皆、難しい顔になった。

「うむ……考えられますな。何十人もの乱破に、一斉に入られたら厄介だ。三の丸と龍口曲輪の百姓町人どもが騒ぎになれば、容易なことでは済まぬ」

そうか、と新九郎も頷いた。三の丸と龍口曲輪には、女子供を含む領民が何百も逃げ込んでいる。戦慣れしているとは言え、乱破に襲われ、流言を飛ばされたりすれば、大混乱になりかねない。

（敵の弱いところを衝くのが戦だ。充分あり得るな）

「今宵は、備えを特に厳にせよ」

鶴岡が指図し、一同は「ははっ」と頭を下げた。

その夜は、寝ずの備えとなった。重臣たちは見回りを取り止め、それぞれの持ち場に立って下知をしている。かがり火の数も、増やされた。

新九郎は一人、身の置き所がない思いをしていた。ここの城兵ではないので、どこにいようと勝手だ。しかし手伝おうとしても、防具一つないままでは邪魔なだけだろう。

仕方なく、ただ城内の様子を見回って、龍口曲輪に行った。そこでは周囲の城壁に兵が張り付き、領民たちが真ん中にまとまっていた。領民の中でも壮健な男は、足軽小者として先に集められているので、ここに難を避けているのは多くが女子供と年寄りだ。その年寄りの中にも、薄汚れた小袖に年季の入った胴丸を着け、槍などを持って気勢を上げている者がいた。百姓の方が俺より役に立ちそうだな、と新九郎は思った。

領民の中に、少しばかり質の良さそうな小袖と袴を着けた、初老の男がいた。村長ではないかと見当をつけ、声をかけてみた。

「はあ、これは。毛利様の御使者様で」

案の定、それは城の裏手の村の村長だった。城へ入る前、新九郎が見た焼け跡は、この男の村らしい。

「左様。難儀をかけておるな」

一応、そう労った。戦国の世で大大名の使者がどう振る舞うべきかなど、全くわからないが、村長は特に異様とは思わなかったようだ。

「まあ、戦でございますからなあ」

村長は、達観したように言う。

「毛利様からの御加勢は、ございますので」

他の者に聞かせないように、との配慮か、囁き声になって聞いた。新九郎は答えられない。

「それは、今ここでは言えぬ」

「左様でございますか」

期待していたなら申し訳ないが、負けたら負けたで、この人々は新しい領主のもとで畑仕事に励むだけだろう。

「一昨夜は、ここに矢が射込まれたそうだな」

聞いてみると、村長は「はい」と腹立たしそうに答えた。

「それまではさほどでもなかったのですが、あの晩だけ。十本か十五本か、いきなり射込まれました。足に当たって怪我をした者もおりまして。夜討ちかと一時は騒然となりましたが、それきりでした。皆百姓町人ですから、少々の矢に浮足立ちまして、お騒がせを」

「怪我人も出たのか」

「大したことはございませんでしたが」

「この城へ入ってから一昨夜までに、ここがかほどに襲われたことは一度もなかったのだな」

「はい、申しました通りで。今宵はまた、物物しゅうございますが、何かございますので」

「いや、備えておるだけだ。しばらく苦労をかけるが、辛抱してくれ」

恐れ入りまする、と平伏する村長を後に、新九郎は大手口へ向かった。

(やはり一昨夜のことは、乱破の忍び込みと軌を一にしたものだ)

ここにいるのは主に百姓町人。二の丸などのように、城兵を挑発するために矢を射込んだとは思えない。しかも十数本を一度に、となれば、領民たちを驚かせ、本丸にも聞こえるぐらいの騒ぎを起こすためと見ねばなるまい。知らずに眠っていた自分が、何やら間抜けに思えた。

(それにしても、ちと大袈裟な気もするが)

懐手をして考えながら道を下ると、大手門がすぐ前に見えた。

大手門に来ると、門の上の櫓に湯上谷の姿が、かがり火で照らし出されていた。

「左馬介殿」

真下から呼ばわると、湯上谷が顔を覗かせ、下を向いた。

「おう、瀬波殿か」

「上がってもよろしいか」

「鎧も何もなしか。危ないぞ」

「構いませぬ。では、御免」

新九郎は傍らの梯子を上った。櫓と言っても、壁があるわけでもなく、板囲いと簡単な屋根だけだ。楯板は隙間なく並んでいるが、江戸城の櫓門などとは比べるべくもない、簡素な造りだった。

櫓に上がって外を見下ろす。門の外は、馬を数頭並べられるくらいの広さがあるが、すぐ先で下り坂の細い道になっており、右にぐっと曲がって木々の暗がりの奥に消えていた。

「様子は如何です」

尋ねると、湯上谷は正面を鞭で指した。木々の黒い影の間に、ちらちらと遠い灯りが見える。敵陣だ。

「あの通りじゃ。動く様子は見えぬ」

「乱破どもが動き回る気配は」

「まるでない。静かなものじゃ」

新九郎は、耳を澄ませてみた。梟か何かの鳴き声だけが、微かに聞こえた。江戸の夜なら、拍子木の音や猫の鳴き声くらいは聞こえるだろう。却って気味が悪かった。

「左馬介殿は、ずっとこちらでお指図を」

鉄砲を携えた足軽が配されているようなので、聞いてみた。湯上谷は、曖昧な頷きを返した。

「今はな。もともとは、主膳殿が大手口を受け持たれていた」

「ああ、左様でしたか」

山内が死んだので、最も重要な大手口の守りを湯上谷が引き継いだのだ。

「囲まれてから一度、ここに敵が攻めてまいったと聞きましたが、そのときは主膳殿が采配を振るっておられたのですな」

「五日前、であったな。堀尾茂助が、五百ほどの兵で攻めかかりおった。だが、それしきの兵でここは破れぬ。矢玉の撃ち合いの後、この門の前で五十ほどの兵がぶつかり合うたが、一刻足らずで敵は退いた。死骸を三つ四つ、残してな」

「兵庫殿は、こちらの出方を推し量るためであろう、と言われていましたが」

湯上谷は、その通りだろうと認めた。

「本気であれば、あんな半端な攻めはせぬ。後詰の兵の姿も見えなかった」

「で、やるべきことだけやって、すぐに退いたと」

「うむ。こちらがその気になれば、相当手痛い目に遭わせ、我らは手強いと思い知らせてやることもできたが。主膳殿は、そうはされなかった。ただでさえ少ない兵を、いたずらに損じるわけにいかぬ、と思われたようじゃ」

湯上谷は、歯痒そうに言った。自分なら打って出ていた、と言いたいのだ。

「そうだ、敵は矢文も射込んできた」

「矢文？」

それは初めて聞いた。

「左馬介殿も、その場におられましたので」

「いや、それがしは三の丸にいた。後で主膳殿から聞いた話じゃ」

「どんな矢文だったのです」

「勝ち目はないから早々に降れ、ということを、つらつら書いておったそうな。よくあることじゃ。文は殿に渡されたとのことであったが、焼き捨てられたのであろう」

意味のない話だと言うように、湯上谷はせせら笑いを見せた。

「矢文一本で恐れをなし、降るような奴がいるものか。まったく、無駄なことをする」

湯上谷は、さっと鞭を振って敵陣の方に向けた。

「今宵、来るかどうかはわからぬが、来たければいつでも来るがよい。目にもの見せてくれようぞ」

湯上谷はそう宣して、胸を張った。

まんじりともしないまま、夜が明けた。羽柴勢の城攻めも、乱破の入り込みも、なかった。気を張り詰めていた城兵たちも、曙光(しょこう)が射し始める頃には幾らかの緩みを見せていた。

(空振りだったか)

何やらほっとして、新九郎は二の丸から南二の丸へと歩いた。こちらから見える敵陣は、やはり昨日と全く変わらない。秀吉の本陣を見ると、何かが曙光を浴びてきらきら光っていた。新九郎は思わず足を止めた。あれが噂の、千成瓢箪(せんなりびょうたん)の馬印だろうか。

しばらくじっと見ていたが、動きというほどの動きはなかった。秀吉はまだ、寝ているのかもしれない。

「筑前めの本陣は、泰然としておるな」

杉浦が歩み寄ってきて声をかけた。

「ともかく昨夜は、無事に済みましたようで」

そう応じると、杉浦の顔が曇った。

「次郎左衛門が、戻らぬ」

「次郎左衛門殿が？　使者に出たと聞いておりましたが」

杉浦が声を落とした。

「左様、三木城へな。昨日未明に出たが、丸一日経っても帰ってこない。三木城までは四里半（約一八キロメートル）ほどじゃ。敵の囲みを抜けてから馬でも使えば、半日足らずで行き来できる。歩いても、日暮れには戻れたはず」

「敵の目が厳しく、なかなか囲みを破れないのでは」

「かもしれぬ。が、気になるのはあの鉄砲じゃ」

新九郎は眉を上げた。

「昨日昼間のあれは合図ではなく、次郎左衛門殿を狙ったのではないか、とおっしゃるので」

　杉浦は難しい顔で頷いた。

「急げば、ちょうど三木城から戻れるくらいの頃じゃ。囲みをすり抜けようとして見つかり、撃たれたのやも」

　新九郎は唸った。それはあり得る。

「しかし、一発だけでございますぞ。次郎左衛門殿を見つけたのなら、もっと何発も撃って確実に討ち取ろうとするのでは」

「相手が鉄砲の名手で、ただ一発で仕留められたかもしれぬ。一発撃って動けなくし、生け捕りにしたやもしれぬ。織田方にとっては、生け捕りの方が益があるであろうし」

　杉浦の顔が、さらに険しくなった。もし門田が織田方に捕らえられたなら、三木城の別所長治が離反しようとしていることを知られてしまう。秀吉は直ちに信長に知らせ、三木城に大軍を差し向けるだろう。そうなれば、万事休すだ。

「まだそうと決まったわけではございませぬ。足止めを食っているだけかも。ご案じなされますな」

　言ってはみたが、杉浦は安堵を見せなかった。

本丸屋敷に行くと、板塀の向こうからまた「えい、えい」という掛け声が聞こえた。朝餉の前の稽古らしい。塀の脇から覗くと、奈津姫が気付いて木刀を振る手を止め、笑顔を見せた。今日は侍女は付いていなかったが、ずっと後ろを見ると、縁側に打掛姿の女が座っていた。挨拶すべきか迷ったが、その間に、新九郎に気付いた女は、奥へ引っ込んでしまった。おそらくここの奥方、奈津姫の母親だろう。娘と違い、表には出たがらぬ様子だ。親子で逆か、と新九郎は胸の内で苦笑した。

「朝早うから、ご精が出ますな」

膝をついて言うと、奈津姫は苛立ったように手を振った。

「そのように低くならんで良い。立たねば話がし難いではないか」

「では、ご無礼を」

言われた通りに立ち上がって向き合うと、姫の頰にほんのり朱がさした。

「あー、うん、それで良い。昨夜は、何事もなかったようじゃな」

「はい、静かなものでした」

「その割には、まだ心配事がありそうな顔をしておるぞ」

「は……そう見えますか」

顔に出ていたか。新九郎は少しの間、思案した。門田のことを話していいものかどうか。鶴岡からは口止めされたが、奈津姫ならば構わないような気がした。

「これは、他言無用に願いたいのですが」

門田が三木城へ行ったまま帰らないと告げると、奈津姫も眉を顰めた。

「それは心配じゃな。父上も、気を揉んでおろう」

言ってから、何か思い当たったように首を捻った。

「なあ新九郎。次郎左衛門が主膳らを殺し、使者に立ったのをいいことにそのまま逐電した、とは考えられぬか」

それは、門田の姿が見えないと気付いたときに、新九郎自身も考えたことだった。

「ない、とは言えませぬ。あの夜、本丸に詰めて見回りをされていた重臣方は、皆機会がありました」

新九郎は改めて、奈津姫に尋ねた。

「次郎左衛門殿の人となりは、如何でございましょうか。何か主膳殿との間に、揉め事のようなものは」

「そうじゃな……」

奈津姫は縁先に腰を下ろすと、顎に指を当て、下を向いて考え込んだ。

「次郎左衛門は、ひと言で言えば無骨者じゃ。あまり物事を深く考える方ではないな。不器用で損をすることもあるが、戦の折には、獅子奮迅の働きをする。もっと若い頃は、家中でだいぶ喧嘩もしておった」

「猪武者、のようなお人ですか」

「それは言い過ぎ。愛想を言ったり誤魔化したりが下手なだけじゃ。あっちの山に居座っておる猿めとは、ちょうど反対じゃな」

「なるほど。それでは、家中に遺恨を持つ者もおられるのでは」

「いや、遺恨というほどのものはない。喧嘩と申しても、他愛ないものじゃ。主膳と喧嘩したという話も聞いておらぬ。恨みがあったとは思えぬ」

「左様でございますか」

新九郎は、大いに感心していた。奈津姫はやはり、よく人を見ている。幸い近くに誰もいないし、せっかくだから、一通り姫の人物評を聞いてみよう。

「杉浦兵庫殿については、どのようなお方と思われます」

「真面目で堅物、と申しておこう。融通が利かぬわけではないが、何事も急がず、慎重にやるお人じゃ。手堅いので、常のとき領内の争いを収めたり、人が見逃しそうな細かいことを片付けるのには長けておる。それゆえ、信は厚い」

内向きの能吏か。新九郎の考えも、だいたい同じだった。泰平の世であれば出世できそうだが、戦国ではどうだろう。

「ただ、戦に出れば当たり前のやり方しかできぬであろうな。人の度肝を抜くようなことは、考えもするまい」

「ふうむ。よくわかり申した。畠山刑部殿は」

「こちらは、可もなく不可もなし。城中でも戦場でも、それなりの働きはする。自ら何事か考え出すより、人の考えに乗る方じゃな。父上としては、使いやすいかもしれぬ。下手に自分で考えて動くと、大概はうまくいかない、というような男じゃ」

「いささか辛辣ですな」

「そうでもない。正直に思うたままを申しておる」

奈津姫は新九郎の顔を見ながら、くくっと笑った。新九郎は咳払いして、先を続けた。

「湯上谷左馬介殿につきましては」

「あれは、兵庫などに比べればだいぶ気楽な男じゃ。だいたい、自分がやればうまくいく、と思うておるところがある。戦でも、つい深追いして危なくなったことが幾度かあるそうじゃ。意気に力がついていかぬ、というところかな」

どうも能天気な奴らしい。そういうのは、江戸っ子にもよくいる。

「おまけにあ奴は、奈津に懸想しておるようじゃ」

奈津姫はいきなり高笑いした。なんてことを言う姫だ。新九郎は呆気にとられた。

「新九郎、妬いても良いぞ。奈津が許す」

「何を言っておられるのです、まったく」

馬鹿馬鹿しくなってきたが、あと一つ聞きたい。新九郎は真顔に戻って聞いた。

「山内主膳殿は、どういうお方でしたか」

「主膳か」

奈津姫も、顔を引き締めた。

「あれは、能はあった。が、腹の中でいろいろ考えて、なかなか面に出さないようなところがあった。戦の折、策を立てるのは大概、主膳の役目であったと聞いている。顔色を読みにくかったがゆえ、どこか打ち解けきれぬ男であった。腹を割って話す友は、いなかったかもしれぬ」

軍師のような役割だったのだろうか。湯上谷などとは陰陽で対置される人柄のようだ。

「では、内応などを考えるのは……」

言いかけて、左右を見回した。この前のように、誰かに聞かれているとの気遣いは無用だろうが。

「うん。いかにも主膳ならばやりそうに思う」

それでこの前話したとき、すんなり内応などという言葉が出てきたのか。

「今、考えたのじゃが」

奈津姫はいつの間にか、さっきの杉浦と同じくらい難しい顔になっていた。

「次郎左衛門も内応しており、内応した者同士の仲間割れで主膳と乱破を斬った。それで城を出た機会にそのまま織田方の陣へ走った、とは考えられまいか」

「うーむ」

あり得なくもなさそうだ。しかし、内応者の仲間割れというのがどんな理由で起きるのか、今一つ思い浮かばない。

「次郎左衛門殿は、そういうことをしそうなお方ですか」

「それは……」

奈津姫が口籠(ごも)る。

「何とも言えぬ。謀(はかりごと)は苦手な男じゃが、言いくるめるのはたやすかろう。先に内応した主膳に言葉巧みに引き込まれ、途中で話が違う、となったのかもしれぬ」

「それならば、内応した主膳殿を斬ったことを誰にも告げなかった点に、得心がいきますな」

「自分も内応の仲間だったと、知れては困るからな」

奈津姫は一度頷いたが、すぐまた首を傾げた。

「いや待て。むしろ、裏切者を見つけて成敗したと触れ回った方が、自分に疑いを向けぬようにできるのではないか。次郎左衛門ならば、単純にそう考えそうな気がする」

新九郎はまた呻いた。それもそうだ。どちらの方向にも解釈できることばかりではないか。

「やはり、決め手がありません。次郎左衛門殿を摑まえぬ限りは」

新九郎は暗澹(あんたん)たる思いで、腕組みした。

九

　動きがあったのは、昼過ぎであった。夜通し持ち場についていた重臣たちは、朝になっても敵が何も仕掛けてこないため、一旦配備を解いて屋敷で仮眠を取り、また本丸屋敷に集まっていた。そこへ、香川が駆け込んで来たのである。

「申し上げます。矢渕佐兵衛殿の使いと申す者が大手口に来られ、杉浦様にこれを」

「矢渕佐兵衛殿が、儂に？」

　杉浦は怪訝な顔をして、折り畳まれた書状を受け取り、開いてさっと目を通した。

「ふむ。儂に会いたいと。城下の光賢寺で待つと書かれておる」

　すると、畠山がしたり顔を向けた。

「ははあ。佐兵衛殿は、小寺加賀守殿のご家中に縁者がおった。その縁で、黒田官兵衛と交わりがある。おそらく、官兵衛の意を受けて和議を勧めに来たのであろう」

何だかさっぱりわからない。新九郎が知っているのは、黒田官兵衛が福岡黒田藩五十二万石の始祖であり、ちょうど今は秀吉の幕下にいる、ということぐらいだ。矢渕佐兵衛というのは、話の流れからするとこの辺の地侍か何かであるらしいが、後で奈津姫に聞いてみることにしよう。取り敢えず新九郎は、末席でわかったような顔をして黙って座っていた。

「兵庫殿は、佐兵衛殿を以前よりようご存じでしたな」

畠山が確かめるように言うと、杉浦は「さほど親しくはないが」と答えた。

「死んだ妻の実家の遠縁じゃ。会ったのは、五、六度かと思う」

「会合と思わせて討ち取る企みやもしれませぬ。黙殺しますか」

湯上谷が堅苦しい顔で言う。杉浦は、かぶりを振った。

「儂一人呼び出して討ち取るなど、姑息な真似はするまい。無下にするのも如何かと思うが……」

杉浦は鶴岡に伺いを立てた。

「会うてよろしゅうございますか」

「良かろう。何を条件に持ちかけるのか、一応は聞いてみよう」

「承知仕りました」

杉浦は一礼して振り向き、香川に「お主も立ち会え」と命じた。立ち会いと言うより、警護役だろう。香川は承知し、二人は連れ立って本丸屋敷を出て行った。

広間に残った新九郎は、畠山に水を向けた。

「本気の城攻めをせぬまま、ただ降れとは。やはり筑前めも、毛利が出て来るのをかなり恐れておるようですな」

畠山は、当然という顔で受け流した。

「ただ降れ、と言いに来たかどうかはわからぬが。まあ、筑前もここで長滞陣はしたくあるまい」

「先だっては、大手口に攻めかけられたとき矢文を寄越したとも聞きましたが」

「ふむ、ようご存じじゃな」

畠山は、少し嫌そうな顔をする。和議の勧めのことなど、毛利の者である新九郎に話したくはないのだろう。

「ご覧になりましたか」

「うむ。あれには、驚くようなことは書かれておらなんだ。本領安堵、綱引城を含め、城内の者の命は取らぬ、人質を出せ、まあそんなところじゃ。殿は読まれてから焼き捨てた。こちらからは、一切返答しておらぬ」

「では、矢渕佐兵衛殿は催促に来られたのでしょうか」

「さあ、どうであろう」

畠山の返事は曖昧だった。それから、独り言のような呟きを漏らした。

「まったく、ややこしいことをしてくれる」

「は？　そんなにややこしゅうござるか」

新九郎が聞くと、畠山は慌てたようにかぶりを振った。

「ああ、いや、何でもない。何度も面倒な、ということじゃ」

畠山は妙に慌てた風に立ち、出て行こうとした。そこで、衝立(ついたて)にぶつかりそうになった。

「ええい、邪魔な」

畠山は衝立を平手で叩いてから避け、廊下に出ようとした。そこで急に足を止めた。

「瀬波殿、主膳殿が殺された夜の見回りのとき、抜け穴の入口に長持があったか、と昨日、聞かれたな」

唐突に話が変わり、新九郎は当惑した。

「はい。それが何か」

「今、思い出した。物置に入ろうとしたとき、今の衝立のように、長持が戸口を入ってすぐのところに置かれていて邪魔だったのじゃ。それで、奥まで入らず手燭でざっと見るだけにした。抜け穴の前には、何も置かれていなかった」

新九郎は、膝を乗り出した。

「それは確かでございますな」

「確かじゃ。そなたが何故それを大事と思うのかわからぬが、あのとき、抜け穴の前にあった長持を戸口の近くに移したのか、と思うたのじゃ。すぐに忘れてしまったが」

「わかりました。ありがとうございます」

畠山は、うんと頷いて縁先から外へ出た。新九郎は大きく息を吐いた。

「矢渕佐兵衛？　ああ、知っておる。姫路近くに領地を持つ地侍じゃな」

奈津姫は、矢渕の使いが来たという話を新九郎から聞いて、すぐに言った。

「黒田官兵衛と縁があるとか、刑部殿が言うておられましたが」

「うん、官兵衛は筑前に仕える前、もとの姫路の領主、小寺加賀守政職（まさもと）の家来でな。佐兵衛の縁戚の者がやはり小寺家中におったので、互いに知るようになったらしい。家が近かったということもあろう。年は佐兵衛の方がだいぶ上じゃが」

奈津姫は、立て板に水で矢渕の素性を語った。新九郎は驚いて目を見張った。

「よくそれだけご存じで」

「暇じゃからの」

奈津姫は、ふふっと悪戯(いたずら)っぽく笑った。

「それが来たからには、官兵衛に頼まれて降れと言いに来たのであろう。刑部の申す通りじゃ。で、兵庫が会うておるのか」

「はい。刑部殿は、何やら面白くなさそうでしたが」

「ふうん。どんな話だったかは、後で兵庫に聞けば良いな」

「そのつもりです。ところで、大手口で小競(こぜ)り合いがあったとき、矢文があったそうですが」

「ああ、父上が主膳とその話をしているのを、ちらと聞いた。板戸の陰でな」

盗み聞きか。どうも癖の悪い姫だ。

「中身はご承知ではありますまいな」

さすがに鶴岡も、姫にそんな大事なことは話すまい。だが意に反して、奈津姫は舌を出した。

「全部はわからぬが、兄上と奈津を人質にするのを条件に、本領は安堵すると書いてあったようじゃな」

新九郎は仰天した。

「いったいどうしてそれを……」

奈津姫は、ニヤリとする。

「父上は、主膳が退出してからその文を仔細に読んだ後、火桶に投げ入れて厠に立った。その隙に、火桶から文を引っ張り出して、燃え残りを読んだのじゃ。後ろ半分しか残っておらなんだが」

「なんとまあ」

新九郎はまじまじと奈津姫の顔を見た。

「そんなに見られては、恥ずかしいぞ」

軽口を言うのは相手にせず、ほとほと呆れたとばかりに新九郎は言った。

「よくまあそのようなことを。父上に知れたら、厳しく叱られますぞ」

「さっと読んだ後、すぐに燃やしたから気付かれてはおらん。全部燃えたのを確かめてから、厠に立てば良かったのじゃ。父上が悪い」

やれやれ。こういう娘を持つと、父親も大変だ。

「そうそう、花押（かおう）がちょっと面白かった」

　奈津姫が、妙なことを言い出した。

「は？　どういうことです」

「てっきり羽柴筑前の名で送られたものと思うたが、筑前に代わってその命を受けた竹中半兵衛がこれを記す、と書かれ、半兵衛の花押があった。ちと変わっておろう」

「はあ……」

　竹中半兵衛というのは、聞いたことがある。秀吉の軍師で、極めつきに頭が切れるとの評判を得た人物だ。若くして死んだはずだが、ここではまだ存命だったか。その半兵衛が秀吉に代わって署名するのは、おかしなことでもないように思うが。いや、相手方の城主に宛てたものなら、攻め手の大将の名で記すべきなのか。この辺りの呼吸は、よくわからない。

「別に半兵衛の名など使う必要もあるまいに」

「まあ、左様ですな」

　生返事をしてから、ふと考える。

「矢文は竹中半兵衛、此度の使者は黒田官兵衛の手配りですか。筑前も、いろいろな手を打ってくるようですな」

「猿知恵の働く男じゃ。何を仕掛けてくるか、わからぬぞ」

おかしなことに、そう言う奈津姫はどこかわくわくしているように見えた。

「あの矢文とて、決まりきったことしか書かれていないようではあるが、竹中半兵衛が書いたとわざわざ記してあるなら、何か文字に隠れた別の意味があるのやもしれぬ。父上は、それを探そうと仔細に読んでおったのかもな」

奈津姫は、本気とも冗談ともつかぬことを言って、またふふっと笑った。


庭先に出て歩いていると、折しも杉浦と香川が戻ってくるのと行き合った。城下の、おそらく今は無人であろう寺で矢渕佐兵衛と会い、話を終えてきたらしい。思ったよりだいぶ早いな、と新九郎は内心、首を傾げた。

「矢渕佐兵衛殿とのお話は、終わりましたか」

前に出て問いかけると、杉浦は眉を上げ、立ち止まった。

「うむ、終わった」

どんな話で、と聞きかけたところ、杉浦の方から別のことを言われた。

「奈津姫様と話をされていたか」

「あ、はあ」

思わぬ方へ話が向いたので、新九郎は少しばかりうろたえた。

「姫様と、だいぶ親しくされておるようじゃの」

「いえ、まあその、よくお声をかけられますので」

新九郎の背中に汗が出てきた。畏れ多くも城主の姫君に馴れ馴れしくしおって、と咎め立てされるかと思ったのだ。自分が実は三十俵二人扶持の身分に過ぎないのを思い出す。が、そうではなかった。

「そうか。姫に気に入られたようじゃな」

杉浦は口元に笑みを浮かべた。

「何しろああいうお方じゃ。そなたと気が合うたなら、幸いじゃ」

「は、それは……畏れ入ります」

「御伽衆の代わりをさせるようで相済まぬが、しばらく頼む。この城が……」

そこで杉浦は口をつぐみ、軽く頷くと新九郎を置いて本丸に向かった。言おうとしかけたことは、新九郎にもわかった。この城が攻められるにせよ降るにせよ、姫の運命は間もなく大きく変わる。成り行きによっては、命を落とすことになるかもしれないのだ。せめてそれまでの短い間、姫に付き合ってやってくれ。杉浦はそう言いたかったのだろう。

新九郎は慄然（りつぜん）とした。山内主膳殺しの調べに没頭すると忘れそうになるが、ここは強い者が弱い者を食い尽くす、戦国の世なのだ。奈津姫は先の厳しさを承知であのように、傍若無人（ぼうじゃくぶじん）と言えるほど気丈に振る舞っているのだろうか。

そこでもう一つ、気が付いた。杉浦が奈津姫の話を振ったのは、矢渕佐兵衛との会合の詳細について、自分と話したくなかったからではないか。

新九郎は振り返り、杉浦の背を追った。ここで話したくないとしても、皆が知るべきことは広間で話されるだろう。まずはそれを聞いてみなければ。


広間で待っていると、半刻ほども経ったかと思う頃、鶴岡と杉浦が現れた。揃った重臣たちが一礼する。門田の姿は、未だ見えない。

「知っての通り、先ほど矢渕佐兵衛殿が来られた」

鶴岡が上座に着くと、杉浦が口火を切った。皆が無言で、杉浦を注視する。

「黒田官兵衛よりの言伝（ことづて）であった。今より二日のうちに、城を開かれよ、とのこと。これ以上の刃を交えず、織田に味方するならば、本領は安堵すると」

「笑止（しょうし）な」

湯上谷が、鼻で嗤った。

「この城を囲んで、かれこれ八日。その間、初めに一度、大手口に五百ほどで攻めかかっただけじゃ。本気の合戦を一度もせぬまま、ただ降れ、などと。筑前めは、それほど我らが怖いのか」

湯上谷の嘲るような言い方に、賛同する声は上がらない。湯上谷とて、秀吉が青野城を恐れて手を出さないなどと、露ほども思ってはいまい。

「瀬波殿」

他の者が何か言う前に、鶴岡が新九郎に言った。

「ここは外してくれるか」

もし降るとなれば、青野城は織田方の先手となって毛利と争うことになる。この先の論議を自分に聞かせるわけにいかない、ということか。

「承知仕りました」

新九郎は丁重に頭を下げて、本丸屋敷の外に出た。さてどこにいようかと見回すと、庭の隅で奈津姫が手招きしていた。

「追い出されたか」

直截に言って、ニヤニヤと笑う。何だか、からかわれているような気がした。

「まあ、仕方ありますまい」

　新九郎は、肩を竦めた。

「とは言え、佐兵衛殿を通じて官兵衛が何を言ってきたか、知りたいところです。竹中半兵衛の矢文と、どう違うのか」

「どうかな。二人とも、同じく筑前の配下じゃ。大きく違うことはないと思うが」

「同じことを言ってきても、無駄でしょう。わざわざ人を寄越す意味がない」

「それはそうじゃな」

　奈津姫は小首を傾げてから、まあ良い、と言った。

「後で奈津が左馬介にでも聞いてみよう」

「姫様が、ですか」

　この姫の物言いにはいちいち驚いていられないが、やはり意表を衝かれた。

「案ずるな。左馬介は奈津に弱い。少しおだてれば、何でも喋る」

　奈津姫は不敵な笑みを浮かべる。何だか湯上谷が気の毒になった。

「わかりました。それはお任せいたします」

　聞いたら教えてやるから待っておれ、という姫の言葉を受け、新九郎は二の丸の杉浦の屋敷に帰った。

（さて、どうなるか）

自分としてはどちらに転んでも関わりないが、結論次第ではこの城にいられなくなるだろう。そうなると、行く当てがない。殺しの下手人を挙げていないのも気がかりだ。

だが、と新九郎は思った。奈津姫の言うように、山内の内応が殺しの引き金であったとしたら、この城がどっちを向くか決めたときに、殺しの方も大きく動く。それは間違いあるまい。

杉浦が屋敷に帰ってきたのは、一刻余り後だった。もう日はだいぶ傾いている。

「終わりましたか」

杉浦は、憮然としていた。新九郎にちらりと顔を向けると、ひと言だけ言った。

「変わりはない」

変わらない、ということは、籠城を続けるわけか。それは即ち、この城に拠る領民と綱引城を含めた三千余の人々の命運を、三木城との連携に賭けることになる。門田が戻らぬ中、それを決めるのは覚悟が要るだろう。

杉浦はそれ以上言おうとせず、新九郎も聞けなかった。そのうちに杉浦が「飲むか」と言い出したので、二人で盃を傾けた。ほとんど無言である。ぎこちない時が流れた。

「合戦に出たことはあるか」

ふいに杉浦が言った。自分に尋ねているのだ、とわかるまで、一瞬の間ができた。

「いえ……ございませぬ」

「そうか。そんな気がした」

杉浦は、盃を口に運んで笑みを浮かべた。

「わかりますか」

「そなたからは、血の臭いがせぬ」

思わず鼻を襟元に近付けた。杉浦が苦笑する。

「譬(たと)えじゃ。何人も人を斬り、打ち倒してきた者には、そうした臭いがある。百姓に土の香りがあるのと同じように、な」

「はあ……」

何となく、わかる気がした。うまく言えないが、杉浦からは、そんな臭いが漂っている。

「兵庫殿は、何度も」

「合戦に、か。大きな戦は、五度じゃ。矢傷も負うたが、今のところ五体満足で生きながらえておる。三年ほど前には、三木城の別所とも戦うた」

「此度は味方となる、別所殿とですか」

意外そうに言ってから、しまったと思った。毛利の使者なら、そのくらいは知っているだろう。だが、杉浦は気にした様子を見せなかった。

「戦国は、有為転変じゃ。敵味方など、いつでも変わる。別所も、長く織田に従っておったのに。ふとした行き違い、少しの油断で、人は幾らでも動く」

今は味方であっても、明日はどうなるかわからぬ、ということか。そんな時代が、たぶんもう百年は続いているのだ。他所と縁組などしても、嫁の里や婿がいつ敵に変わるかわからない。恐ろしい話だな、と新九郎は思った。

「その年まで合戦に出ずに済んだ、とは運がいい」

「運がいい、と言われますか」

揶揄されたか、と思ったが、そうではないようだ。

「男子として生まれたからには、合戦で手柄を立て、武名を上げる。これが当然と思うておろう。その通りだが、この年になってくると違うことも考える。戦などない世になれば、殺し合わずとも名を上げられる。その方が余程、人として幸せと思わぬか」

「思います」

きっぱりと言った。杉浦は、少し驚いたように新九郎を見た。

「そうか。それならば、いい」

「兵庫殿は、戦のない世をお望みなのですね」

「そんな世が、来るならばな」

杉浦は、戦に倦んでいるのかもしれない。新九郎は、そう思った。泰平の世に生まれた自分は、この人たちよりずっと幸福なのだ。戻れるかどうかわからない、という立場になって、初めて泰平の値打ちを噛みしめるとは。新九郎はやるせない気持ちで、大きな盃を一気に干した。

十

夕餉、と言っても汁をかけた麦や粟の飯だけだったが、食べ終えて少しした頃、表で新九郎を呼ぶ声がした。出てみると、奈津姫の侍女が立っていた。

「姫様が、お召しにございます」

「相わかった。すぐ参る」

かがり火に照らされた侍女の顔は、硬かった。奈津姫が新九郎と親しくするのが、気に入らないのだろう。まして日が暮れてから呼ぶなど、怪しからぬ、とその目が語っていた。新九郎は、落ち着かない気分で侍女の案内に従った。

奈津姫は、縁先で待っていた。

「これへ」

奈津姫は新九郎を見ると立ち上がり、板戸を開けて部屋に招じ入れた。侍女の目が、背中を抉ってくるような気がした。

姫が戸を閉め、座れ、と言うので床に胡坐をかいた。燭台が一つだけ灯った薄暗い部屋で、調度の類いは誰の作かわからぬ獣の絵が描かれた衝立が一つ、あるだけだ。姫の居室などではなく、ただの控えの間か何かだろう。

「聞いたぞ」

前置きも何もなしに、奈津姫が言った。声はいつもより、だいぶ低めている。侍女が聞き耳を立てているからか。

「左馬介殿からですか」

言うまでもなかろう、と姫の目が答えた。

「どうも、面白くない話じゃ」

妙な言い方だ。

「面白くない、とは」

「この前の矢文と、ほとんど違わぬ」

「それは……降る際の条件が同じだった、ということですか」

奈津姫が頷く。

「そなた、わざわざ前と同じことを言ってくるような無駄はせぬだろう、と申しておったが、これはまさしく無駄じゃな」

新九郎は首を捻った。

「条件の他に、何か新しいことを付け加えたりも、なかったのですか」

「そうじゃ。矢文に書かれていたことは、父上や重臣らは皆知っておる。左馬介もじゃ。その左馬介が、何も変わらぬと言うのだから違いあるまい。ただ、矢文が竹中半兵衛の名であったのが、此度は黒田官兵衛からの話、となっていることだけが違いじゃ」

であれば、矢渕佐兵衛は何をしに来たのか。

「やはり矢文への返答がないのに業(ごう)を煮やして、膝詰め談判に来たのではないか」

それは、新九郎も考えた。しかし、矢渕が杉浦と会っていたのは、せいぜい半刻ぐらいだった。

「諾(だく)としたわけではないのでしょう。であれば、もっと時をかけて和議を説くのではありませんか。引き揚げるのが、早過ぎます」

「籠城の決心が固いと見て、諦めたのではないか」

「それはわかりませぬが……であれば、敵は明日にも攻めてきましょう。八日も滞陣しておるのですから、総攻めの準備はとうに調えているはず。ですが、今のところ敵陣は静かです」

それに、籠城の意志がそれほど強固と言えるかどうか。籠城の成否は、三木城との連携という綱渡りにかかっているのだ。内心では腰が引けている者もいるのではなかろうか。だが杉浦は、矢渕に見透かされないよう、敢えて強硬な態度を取ったとも考えられる。条件が変わっていないのを聞いて、賭け金を吊り上げようとしたのかもしれない。

「もしかして、佐兵衛に他の目論見があったのではないか」

奈津姫が、思い付いたように言い出した。

「と、言われますと」

「例えば、兵庫と助右ヱ門の言葉の端々から、この城の備えの様子を探るとか……」

言ってすぐ、奈津姫は自分から笑った。

「ないな、それは。そんな手の込んだことをするくらいなら、乱破を何十人も放つ方が余程確かじゃ」

「仰せの通りです」

新九郎も笑った。

「ですが、他の目論見があったかもという読みは、悪くありませんな。佐兵衛殿も、わざわざ城下まで出向いて手ぶらで帰ったのでは、官兵衛はともかく筑前の覚えが悪くなるでしょう」

「そう思うか」

奈津姫は、嬉しげに言った。

「では、どんな目論見と思う」

「それは、まだわかりませぬ」

「なあんだ」

奈津姫は、大仰に落胆してみせた。

「新九郎のことじゃから、何か良い考えがあるのかと思うた」

「買い被られても困ります」

新九郎は手を振って、また笑った。

「籠城について、どれほど自信があるのか感触を捉えに、というのはどうでしょう」

「ほう。和議はもはや当てにせずに、か」

奈津姫は、うんうんと頷いている。

「敵が次郎左衛門殿を捕らえ、三木城のことを知ったとしたら、こちらが三木城をどれほど当てにしているか探り、総攻めと同時に三木城との連絡は断ったぞと知らせ、我らの戦意を挫くつもりでは」

「なるほどな……」

奈津姫は、真剣な目付きでしばらく考えた。そして、かぶりを振った。

「それもおかしい。そんな手間をかけてこちらの意を探らずとも、いきなり三木城のことをこちらに知らしめれば、それで充分じゃろう」

「うーむ、確かにそうですな」

　新九郎は、素直にその説を引っ込めた。

「ところでその三木城ですが、三年前にこちらと戦になったのでしたな」

「ああ、確かに。三木城の別所は織田方に付いておったからな。向こうが先に攻めかかり、こちらが追い散らした」

「此度はその三木城と手を結ぼうとしておりますが、ご家中に遺恨などはないのですか」

「敵味方が入れ替わるのは、戦国の世の習いじゃからのう」

　当然のように言ってから、奈津姫は少し考えるように天井を見上げた。

「強いて言うなら、刑部かのう」

「畠山刑部殿が。何かあったのですか」

「あの戦の折、刑部の弟が、目の前で別所長治に討ち取られたと聞く」

　それは、畠山にとって痛手であったろう。

「じゃが、刑部は三木城と結ぶのに異を唱えなかったのであろう」

「はい、確かに」

「遺恨があろうとも、割り切らねば生きてはいけぬ。それが今の世ではないか」

一万を超える羽柴勢に囲まれたこの城には、三木城と結ぶか織田方に降伏するか、どちらかしか生き残る術がない。姫の言う通りだ。しかし、十六、七の姫にこんな老成した言葉を吐かせるとは、いかにこの世の厳しいことか。

「新九郎は、いろんなことが気になるようじゃな」

はっと顔を上げると、奈津姫は緞帳を引き上げたように、年頃の娘に戻っていた。

「まあ、性分ですので」

「ははあ。だから、調べ事をするのに向いておるのじゃな。その代わり、戦場で敵に斬り込むのには向いておらぬ。そうじゃろ?」

「見抜かれましたか」

新九郎は頭を掻いた。

「ならば、物置の一件、精出してもらわねばのう」

奈津姫が、屈託ない笑いを浮かべる。それを見た新九郎は、殺しの真相を突き止めるより、姫と会話することを楽しんでいる自分に気付き、少しばかり驚いた。

「まだ、誰の仕業か目星はつかぬのか」

催促というより、面白がるように聞いてくる。新九郎は、苦笑するしかなかった。

「はあ。誰がやったかは、ほぼ見当がつきましたが、何故殺したかについては、まだしかとはわかりかねまして」

「そんなことと思った。いろいろ気にし過ぎるのも、考えもので……」

微笑みながら言いかけたのを止め、奈津姫は目を剝いた。

「今、何と申した」

奈津姫がしきりに食い下がるのを、全てに得心がいくまで待ってほしいと何とか宥め、新九郎は本丸屋敷を出た。

城壁に沿ってかがり火が並び、その周りに詰める城兵たちの影が見える。千八百の城兵の大半は城の外回りである龍口曲輪、二の丸、三の丸、北曲輪、西曲輪に配され、本丸にいるのは百人ほどだ。夜討ちに備え、目を光らせているはずだが、その目は外に向けられており、本丸屋敷の奥から出た新九郎は、誰にも見咎められなかった。見られても、まさか夜這いと誤解されることもないだろう。

忍び笑いを漏らし、二の丸に通じる門の方へ行きかけたとき、突然何かが迫る気配を感じた。はっとして振り向くと、屋敷の横手から、黒い影が飛び出し、新九郎に襲いかかってきた。刀の刃先が月明かりに光るのが、一瞬見えた。

新九郎は、思わず飛びのいた。刀が空を切るのが、肌でわかった。倒れそうになるのを何とかこらえ、刀に手をかける。だが、道場以外の場所で刀を振るうのは、これが初めてだ。今のが敵だとしたら、百戦で鍛えた戦国の武士に敵うはずがなかった。

刀を抜き切った途端、二撃目が来た。辛うじて、刀で受けた。鋼の噛み合う音が響いた。相手の勢いに負け、尻もちをつく。三撃目が来たら避けられそうにないことは、自分でもわかった。まずい、と思ったとき、左手がそこに落ちていた石ころを掴んだ。利き手ではなかったが、思い切り投げつける。鈍い音がして、相手の動きが止まった。

「曲者だーッ！　出合えッ！」

後は、そう叫ぶのが精一杯だった。だが、充分だったようだ。「おう」と応える声があちこちで上がり、新九郎を斬り損ねた相手は、ぱっと身を翻して、建物の陰に消えた。

「乱破だーッ！　乱破が入ったぞッ」

別の誰かが叫んだ。走り回る足音とこすれ合う甲冑の音が、周りに満ちる。

「瀬波殿か？　如何なされた」

香川の声がすぐ傍で聞こえた。

「いきなり襲われた。そっちの陰に逃げた」

建物の裏手を指す。暗かったが、指した方向はわかったようだ。香川が「追えッ」と怒鳴り、十人ほどの足軽が走って行った。

「屋敷に入られては一大事じゃ。松明を持て。隈なく捜せ」

香川が次々に指示を飛ばす。北曲輪からも加勢が入り、忽ち本丸には二百人近い人数が揃った。

「うろたえるな。隠れるところは少ない。落ち着いて検めよ」

縁先に出てきた鶴岡が大声で下知し、香川が駆け込んでその前に膝をついた。

「何事か。乱破を誰か見たのか」

「はっ。瀬波殿が襲われた由にて」

「何？　瀬波殿、怪我は」

新九郎は、急いで鶴岡の眼前に進み出た。

「幸い、怪我はございませぬ」

「左様か。ならば良いが、乱破に間違いないか」

「生憎(あいにく)、黒い影しか見えませなんだ。頬かむりはしていたようですが、そのくらいしか」

新九郎が答えたとき、ばたばたと廊下を踏み鳴らして、奥から畠山が出てきた。

「乱破と聞きました。殿、ご無事で」

「儂は何事もない。襲われたは、瀬波殿じゃ」

「何と。瀬波殿に怪我は」

「ご心配には及びませぬ」

新九郎が見上げて言うと、畠山は安堵した、というように頷きを返してきた。

「それにしても、どこから入ったのじゃ。まさかまた、あの抜け穴ではあるまいな」

畠山の言葉に、香川がかぶりを振る。

「それはございませぬ。あの抜け穴は、乱破の死骸を運び出してから、空井戸の口に格子の蓋を打ち付けましたゆえ」

「ではいったい、どうやって」

皆が顔を見合わせた。もう一つ本物の抜け穴があるはずだが、誰も口にしないところを見ると、侵入できない策が講じてあるのだろう。

「どこか、守りに穴があったのではないか」

畠山が、香川を睨んだ。

「全ての曲輪、全ての城壁土塁に兵を配しております。よもやとは思いまするが」

「それでも、人がやることじゃ。どこにも気の緩みがなかったと言いきれるか」

「そ、それは……」

そうまで言われると、香川も絶対とは言えまい。

「もう良い。忍び込んだ者を捕らえるのが先じゃ。行け」

鶴岡が香川に命じた。香川は、ほっとしたように「はっ」と一礼し、駆け去った。

程なく杉浦と湯上谷も具足姿で駆け付け、半刻ほどかけて本丸と物見櫓の全てを検めたが、何も見つからなかった。二の丸、南二の丸の兵たちは、何一つ異変に気付いていなかった。

「煙のように消え失せるとは、解せぬ」

杉浦が、しきりに首を捻る。

「殿でも我らでもなく、瀬波殿が襲われた、というのも妙な話だ。たまたま出くわした、ということか」

湯上谷は、横目で新九郎を睨んだ。狂言ではないのか、と思っているのだろう。それを察してか、杉浦が言った。

「瀬波殿の他、足軽二名が裏手に逃げる人影を見ている。何者かが入り込んだのは、間違いあるまい」

それから杉浦は、香川に言った。

「こちらの兵に化けておることはあるまいな」

「それも考え、組頭どもに確かめさせ申した。変事はございませぬ」

左様か、と杉浦は溜息を吐いた。

「とにかく、大事に至らなんだのは幸いじゃ。今宵は、本丸の見張りを手厚くせよ」

「既に手配りしてございます」

香川が答えるのに鷹揚に頷くと、杉浦は新九郎に声をかけた。

「大変な目に遭われたな。怪我が無(の)うて良かった」

「討ち取れなんだのが、残念至極です」

新九郎が強がると、杉浦は笑みを漏らした。

「戦は苦手であったろう。無理はせず、ゆっくり休まれよ」

杉浦はそう言って、二の丸へと戻って行った。湯上谷はもう一度、新九郎を睨むような仕草をしたが、すぐに杉浦の後を追った。

（やれやれ、本当にえらい目に遭ったぜ）

ようやくほっとした新九郎は、大きく息を吐いた。避けるのが一瞬遅れていたら、間違いなくあの世行きだったと思うと、寒気がした。

「新九郎」

後ろから呼ぶ声がした。振り向くと、屋敷を背にして奈津姫が立っていた。

「すぐに来たかったが、危ないからと今まで止められておった」

何か言い訳のように言って、奈津姫は新九郎のすぐ前に寄った。

「本当に、怪我はないのか」

「ええ、幸い、どこにも」

笑って答えると、いきなり奈津姫が頭を下げた。

「済まぬ」

「えっ」

新九郎はひどく驚いた。何を謝るのだ。

「矢で狙われる前から、充分に気を付けろと言っておったのに、今宵は奈津がこんな遅くまで引き留めてしまった。真っ暗な中、本丸の中とはいえ、そなた一人で外へ出すなど、あまりに迂闊（うかつ）であった。本当に、済まぬ」

「い、いや、そのようなこと。姫様がお気になさることではありませぬ」

奈津姫の意外な態度に、新九郎は落ち着きをなくしてしまった。

「そんなことはない。奈津が悪いのじゃ。もしそなたに何かあったら、悔やんでも悔やみきれぬ」

奈津姫は顔を上げ、正面から新九郎を見つめた。目が潤んでいる。新九郎は、さらに落ち着かなくなった。傍若無人な姫だと思っていたのに、こんなにも気遣ってくれるとは。

「おやめ下さい。本当に、姫様は何も悪くありませぬ。それに、このように、それがしは至って息災でおりますゆえ」

新九郎は両腕を伸ばし、飛び跳ねてみせた。狙い通り、奈津姫が噴き出した。

「確かに元気じゃな。安堵いたした。やっぱり、変な男じゃのう」

「まあ、好きなようにおっしゃって下さい」

新九郎は頭を掻き、微笑んだ。

「それに、襲われはしましたが、これでまただいぶ面白くなり申した」

「面白くなった、とな」

奈津姫は眉間に皺を寄せた。

「もしや、何か見つけたか」

「ええ、まあ」

新九郎はまた曖昧に返答しながら、畠山の顔を思い出していた。

先刻、騒ぎを聞いて縁先に出てきた畠山の額に、まるで石でもぶつけられたような痣(あざ)ができ、うっすら血が滲(にじ)んでいたのを、新九郎ははっきりと見ていたのだ。

十一

床に入ったが、やはり寝付けなかった。斬られかけた後なのだ、というだけでなく、ここに来てからはほとんどまともに眠れたためしがない。

(物騒(ぶっそう)と言うか何と言うか、泰平に慣れた体じゃ、もたねえな)

新九郎は一人で苦笑する。城の連中は、斬りかかられたくらいで腰を抜かしている自分を、嗤っているだろう。

それでも疲れのせいか、瞼が重くなった。ふっと意識が飛んだ。が、間を置かずまた跳ね起きる羽目になった。

外から、地鳴りのような響きが伝わってきた。慌てて素襖に袖を通し、外へ飛び出す。響きは、城外からであった。杉浦もとうに起き出している。いや、寝ていなかったのか。

「何です、あれは」

響きは、高まったかと思うと萎み、また高まる。波のような動きだ。よくよく耳を働かせると、それは人の声であった。

「羽柴勢が、鬨の声を上げておるのだ」

何千という人の声が集まれば、気を震わせ、頭まで揺さぶる。不気味だった。

「では、いよいよ攻めかかると」

杉浦は「いいや」と首を振った。

「声だけじゃ。周りを圧する声で、我らを威嚇しておる」

そんな戦法もあるのか、と新九郎は驚いた。

「まあ、放っておけばよい。うるさくてかなわんがの」

杉浦は、どうでもいいと言った風に背を向け、屋敷に入ってしまった。

「放っとけ、ったって、これじゃ寝られねえぜ」

新九郎は、小声で悪態をついた。杉浦はともかく、足軽たちや城内の領民たちは、眠れないだろう。安眠させないためにやっているなら、度々矢を射込んでくるのと同じ流れの挑発ということだ。これで堪忍袋の緒が切れて打って出るのを待っているとしたら、一万を超える大軍を擁するというのに、やり方がせこい。

（戦国ってのは、なりふり構わず、何でもありなんだな）

妙に感心して、東南の城壁の方へ行った。香川が、憎々しげな顔で羽柴勢の陣を睨んでいた。

「先ほどは、災難でござったな」

新九郎に気付いた香川が、表情を緩めて言った。

「あの乱破は、どうしても見つからぬ。城外へ逃れたのであろう。何をする気だったのかはわからぬが、姑息な手ばかり使うてくる」

香川は、羽柴勢の方へ顎をしゃくった。「そうですな」と曖昧に返事しておく。

「ときに助右ヱ門殿。ちと伺いたきことがござる」

他に聞かれずに話ができるせっかくの機会だ。確かめておくことがあった。

「何であろう」

「昼に、矢渕佐兵衛殿と会う兵庫殿について行かれたときのことですが」

香川は、訝しげに新九郎を見返した。

「助右ヱ門殿は、杉浦兵庫殿らと同席されたのですか」

「同席？　お二方の話を聞いていたか、ということか」

「左様。如何です」

「いや、それがしは外に。騙し討ちの恐れがあったからな。杉浦様の御指図で、佐兵衛殿の配下が妙な動きをせぬよう、目を光らせておった」

やはり、と新九郎は頷いた。

「では、ご両者の間で何が話されたか、聞いてはおられぬと」

「うむ。話の中身は、杉浦様が殿や重臣方に説明されたと思うが」

「いかにも左様です。よくわかり申した。では、もう一つ」

「まだござるか」

香川は面倒臭そうに眉間に皺を寄せる。新九郎は構わず続けた。

「山内主膳殿が殺された夜のこと。杉浦兵庫殿が、寅の刻頃と思いますが、二度目の見回りに出られたとき、助右ヱ門殿を呼び止めて一緒に回られた、ということでしたが」

「その通りでござるが」

香川は、何を今頃聞いているんだ、とでも言いたそうだ。

「畠山刑部殿や湯上谷左馬介殿らが見回られている間は、床に就いておられたのですね」

「それは、皆知っておることだ」

「兵庫殿と見回りをされたことは、それまでにもありましたか」

「うん？　いや、覚えはない。あの夜は、たまたま出会って付き合えと命ぜられたのじゃ」

「気まぐれのようなものですか」

「まあ、そうじゃな」

香川は焦れてきたようだ。新九郎は話を急いだ。

「主膳殿の死骸を見つけられたときは、さぞ驚かれたでしょうな」

「それはもう。二人して手燭を取り落としそうになったほどじゃ」

「そのとき、お二人は何か口にされましたか」

「何？　悲鳴を上げたとでも」

香川が不快そうな顔をしたので、笑って手を振った。

「まさか。人は驚くと、意識せずにまず思ったことを口にしてしまうもの。念のため、それを確かめているわけで」

「ふうむ」

香川はよくわからない、とばかりに首を傾げたが、とにかく答えてはくれた。

「拙者が、これは何としたことじゃ、と大声を上げた。杉浦様は、馬鹿な、と叫ばれた。それだけじゃ。後は死骸に駆け寄って、山内様であることを見て取り、誰がこのような、と拙者が申した。覚えているのは、そのくらいじゃ」

「ふむ、左様ですか。いや、かたじけない」

「もう、よろしいか」

香川は、要領を得ない様子で去りかけたが、足を止めて言った。

「瀬波殿は、殿より誰の仕業か突き止めるよう言われておったな。目星はつき申したか」

「それは、明らかになり次第、鶴岡式部様に申し上げます」

香川は、「左様か」とあまり熱の入らない返事をして、踵を返した。城外の閑の声は、いつの間にか止んでいた。

「やれやれ、もっと早くに聞いておくんだったぜ」

新九郎は自嘲（じちょう）を込めて呟くと、俯（うつむ）いて首筋を叩いた。

そのときである。三の丸に通じる門の方から、慌ただしい足音がして、具足姿の兵が一人、駆け込んで来た。香川は、ぎょっとして立ち止まった。

「ご注進、ご注進ーッ」

兵が叫ぶ。香川が前に出て、押しとどめた。

「何事じゃ！　申せ」

「ははっ」

兵が膝をついた。背中を上下させ、荒い息をしている。一気に駆けてきたようだ。かがり火があたって、汗まみれの髭面が見えた。

「やっ、そなた、河埜兵衛助（こうのひょうえのすけ）ではないか。如何したのじゃ」

香川の知っている男らしい。何か火急（かきゅう）の知らせを持って来たようだ。新九郎も、傍に寄った。声を聞きつけたらしく、杉浦も屋敷から出てきた。

「つッ、綱引城が攻められておりますッ」

「何だと！」

杉浦と香川の顔色が変わった。この河埜という男、綱引城に配されていた者のようだ。

「羽柴勢か」

「はッ、蜂須賀彦右衛門（はちすかひこえもん）率いるおよそ二千に、攻めかかられてございます。防戦に努め、城内への侵入は未だ許さず」

「くそっ、いつの間に」

杉浦が膝を叩いた。

「あの鬨の声は、二千が陣を離れたことを悟られぬがためであったか」

「とにかく、殿に申し上げねば」

香川が河埜の腕を引いて立たせ、本丸へと駆け出した。杉浦も、すぐに続いた。

（いったい、どうなってやがる）

新九郎は、急な動きについていけず、羽柴勢の陣の方にまた目を向けた。どこと言って、前夜と変わったようには見えない。しかし、こちらが油断しているうちに、それまで放置していた綱引城に、いきなり押し寄せたというのだ。この動きには、どういう意味があるのだろう。

考え込んでいるうち、四半刻は経ったろうか。香川が、本丸から駆け戻ってきた。

「おう、助右ヱ門殿。どうなりましたか」

それには答えず、香川は新九郎を睨むようにして言った。

「瀬波殿。殿がお呼びじゃ。すぐに来られよ」

「式部様が、それがしを？」

何事だ。軍議の最中ではないのか。敵がいよいよ動き出したというのに、この俺などに何の用がある。新九郎は首を捻りながらも、香川に促されるまま本丸に向かった。


「お呼びにございますか」

鶴岡は、本丸屋敷の奥まった部屋で待っていた。普段から鶴岡が政務を行うところだ。

「まあ、入って座られよ」

廊下で手をついていた新九郎を、鶴岡が手招きした。新九郎は一礼し、膝を進めた。

「綱引城のこと、聞いておるな」

「はい。羽柴勢二千に、攻められておる由」

これはかなり切羽詰まったことでは、と新九郎は思ったが、鶴岡は妙に落ち着いている。知らせが入ってそう経ってはいないのに、もう軍議は終わったのだろうか。

「このままで、よろしいのですか」

僭越だが、つい聞いてしまった。鶴岡は、何故か薄笑いを浮かべた。

「綱引城は要害じゃ。簡単には落ちぬ」

「しかし……」

「こちらから加勢を送ることもできぬ。相手が二千ほどであれば、当分は持ちこたえよう。だからこそ、孫三郎をあちらに置いたのじゃ」

ああ、と新九郎は思い当たった。何故多くはない兵を二つの城に分けるのか、と訝っていたのだが、嫡男を支城に配したのは、全滅を避けるためか。

「羽柴勢の実数は一万余。多くても一万二、三千。これで二つの城を同時に攻め落とすのは、筑前といえど難しい。あまり長く時をかけると、上月城が落ち、それを攻めていた毛利勢が、大挙してこちらに向かってくる。そうなれば、筑前は一旦退くしかない」

「式部様は、それを待っておられるのですな」

新九郎は、頷いてみせた。

「それは、そなたらとて承知であろう」

そうだった。自分は毛利の家臣ということになっているのだから、わかっているはずなのだ。

「上月城が落ち次第、必ずやお助けに参上いたしましょう」

いかにも自信ありげに装い、言った。鶴岡が頷き返す。

「だが、こちらがそれまで持ちこたえられる保証はない。幾重にも、手は打たねばな」

そのための生き残り策が、綱引城というわけか。新九郎はなるほどと思う。これが戦国を生き抜く武将の知恵か。

「羽柴勢はそれを見越し、まず綱引城から攻め落とそうと考えたわけですな」

「いや、そうではない」

鶴岡は何故か、当然と思われる考えを否定した。

「本気で落とす気なら、二千などという半端な数では攻めかかるまい。ここを囲む前に、まず全軍で一気に綱引城を落とし、ここを孤立させてから腰を据えて攻める。筑前に限らず、織田方の将なら、まずそうするであろう。まあ、それでも綱引城はなかなか落とせまいが」

新九郎は当惑した。鶴岡は、何が言いたいのか。

「では……羽柴筑前は何をするつもりなのでしょう」

「こちらの戸を、叩きに来たのだ」

鶴岡は、そんなことを言ってニヤリと笑った。新九郎は、ますますわからなくなった。

「さて、それで主膳のことじゃが、誰の仕業か、見当はついたかな」

鶴岡は急に話の向きを変えた。新九郎はうろたえかけ、咳払いした。

「それにつきましては、未だ確証は摑めておりませぬ」

「わからぬ、か」

鶴岡の声音には、落胆が籠っていた。新九郎は躊躇った。わからない、で通すこともできるが、外の様子はかなり切迫してきているようだ。このままでは、機会を失うかもしれない。

「いえ……見当はもう、ついております」

意を決して言うと、鶴岡が色めき立った。

「何？　誰だかわかっていると申すのか」

「ただ、確かな証しは手に入れておりませぬ」

「証し、か」

　鶴岡は、新九郎の目をじっと覗き込んだ。

「証しはなくとも、その者だという自信はあるのじゃな」

「ございます」

　言い切っちまったな、と新九郎は内心で顔を顰めた。だが鶴岡の言う通り、これしかあるまい、という思いは確かにあった。

「良かろう。申してみよ」

　新九郎は背筋を伸ばした。もう、このまま突き進むしかない。

「では、杉浦兵庫殿と畠山刑部殿を、お呼びいただけますか」


　夜が白々と明け始めた頃、杉浦と畠山は、二人揃って現れた。軍議の後、そのまま広間に詰めていたのだろう。杉浦が新九郎に目礼した。畠山は、何故新九郎がここにいるのかという顔を一瞬見せたが、すぐに表情を消して座った。

「主膳を殺した者が、わかった」

　鶴岡が、前置き抜きで言った。二人が目を剝いた。

「真でござるか、瀬波殿」

新九郎が返事をする前に、鶴岡が言った。

「これから話してもらう。黙って聞け」

杉浦と畠山は居住まいを正し、新九郎を凝視した。新九郎は、口の中がカラカラになった。

「始められよ」

鶴岡が促し、新九郎は小さく一礼して、話を始めた。

「山内主膳殿と乱破ですが、あの二人は同じ者の手にかかった、ということにご異論はございますまいな」

新九郎が念を押すと、畠山が何を今さら、という顔でぞんざいに頷いた。

「申すまでもあるまい」

「では、主膳殿と乱破は物置で何をしていたのか、ですが」

新九郎は三人の顔を順に見て言った。

「二人が互いに争ったような様子は、見られませんでした。忍び込んだ乱破を、主膳殿が見つけ、これを成敗しようとしたわけではない。主膳殿は、曲者だと大声で呼ばわることもしておられませぬ」

三人の顔には、苦々しい表情が浮かんでいる。聞きたくないことだが致し方ないと諦めたかのようだ。新九郎はほっとして言った。

「つまり、乱破は主膳殿にとって斬るべき敵ではなかった。乱破は主膳殿に会いに来たのだ、と考えるしかありますまい。それが意味することは明白」

「主膳が、織田方と通じていた、と申すのだな」

鶴岡が、淡々と言った。杉浦も畠山も、動じた表情は見せなかった。

「いかにも。主膳殿は、織田方の乱破と会っているところを見られ、その相手に殺された、ということです。ですが、ここでわからぬことが一つ。二人を殺した者は、何故そのことを黙っているのか。内応している裏切者を見つけたのですから、そのときに大声で呼ばわれば、控えの間におられた方々や次郎左衛門殿を始めとする本丸警護の方々が、すぐに駆け付けて主膳殿も乱破も捕らえられたはず。なのに、一人で始末をつけようとしたのです」

「それは、抜け穴の中で対峙したからではないのか。あそこでは、呼んでも誰にも聞こえぬ」

鶴岡が言った。新九郎は、かぶりを振る。

「あの二人は、抜け穴で殺されたのではありませぬ。物置で、です」

鶴岡が眉間に皺を寄せる。

「何故、そう決められるのだ。乱破の死骸と主膳の刀は抜け穴にあった。主膳も、抜け穴から這い出てきたのだ、とそなたが申したではないか」

「二人とも物置で斬られ、抜け穴に放り込まれたのです。抜け穴で斬り合いになったと見せるつもりか、主膳殿の刀には乱破のものらしい血が付けられていました。しかしだいぶ慌てていたようで、細工が雑に過ぎましたな」

「だから何故、そう言えるのだ」

畠山が苛立った声を出した。新九郎はそちらを向いて、答えた。

「二人は、肩口から袈裟懸けに斬られておりました。刑部殿、どういう風に刀を振るえば、そのように斬れますか」

「何？　決まっておろう。大刀を抜き、こう上に振りかぶり……」

手でその仕草をしたが、そこで「あ」と口を開けたまま動きを止めた。新九郎は笑みを浮かべて「そうです」と言った。

「抜け穴の天井は、人が立てば頭の上に握り拳一つほどの余裕しかございません。そんなところで大刀は振れませぬ。一方、物置は天井板がないので、大刀を振り上げられます」

　畠山が唸った。

「では……主膳殿は抜け穴に隠されたとき、まだ死んではおらず、しばらく時が経って息を吹き返し、物置まで這い出てきたのだな。そこまでで、声を出して人を呼ぶ力は残っておらず、そのまま息絶えた、と」

　杉浦が呻くように言った。

「その通りです。止めの刺し傷は、急所を外れていましたから。それに、抜け穴の入口は何故か塞がれていなかった。少し押せば、中から開けられました。そのため、主膳殿は物置に出て来ることができたのです」

　それでも、あれだけの深傷(ふかで)でよくあの石段を這い上れたものだ、と新九郎は感心している。さすが戦国武士、と言うべきか。

「しかし、妙ではないか。物置で斬り合いになったなら、床や壁に多くの血が飛んでいるはず。それはそなたも言うておったであろう。だが主膳を見つけたとき、主膳自身が抜け穴から這って来たために付いた血の痕しかなかった」

　鶴岡が、当然とも言える疑義を呈した。

「おっしゃる通りです。二人を斬った者が、拭き取ったのです」

「拭き取った？」

　畠山が疑わしげに言った。

「かなりの血が出たはずだ。拭き取るものを持っていたのか」

「皆様、手拭いや懐紙など、お持ちでは」

「それはまあ、あるが」

　畠山が懐から、手拭いを引き出して見せた。

「二人分の血だぞ。こんなものでは足りるまい」

「はい。そこで二人を斬った者は、使える布を探しました。すると、目の前にあったのです」

　新九郎は自分の懐を探り、先日、かがり火の下で拾った一尺半ほどの布切れを出した。

「何じゃ、それは」

　畠山が訝(いぶか)しそうに覗き込む。

「血を拭いた布の、燃え残りです。おそらく、乱破の頰かむりかと」

「頰かむり？　これがか」

　畠山は首を捻った。

「あの乱破の死骸は、確かに頬かむりなどしていなかったな」

「はい。確かとは申せませんが、素顔を曝して忍び込むとも思えませぬ。この布切れ、焦げたところの他も黒ずんでおります。血が染み込んでいたものかと」

畠山は布を手に取り、ふーむと唸りながら矯めつ眇めつして、新九郎に返した。反論しなかったところを見ると、一応は納得したのだろう。

「血を拭いてから、かがり火に投げ込んで燃やしてしまおうとしたのか」

鶴岡が言った。

「とは言え、布の二、三枚ではまだ足らぬであろう」

「二人のうち、主膳殿はそれほど大量の血を流しておらぬと思われます。でなければ、たとえ斬られてすぐ死なずとも、血を失い過ぎて長くは生きられなかったはずです」

主膳が抜け穴から這い出てきたのは、湯上谷が見回った後だ。それまでは生きていられたのだ。だが、鶴岡はまだ疑いがありそうな顔をしている。

「それでも、拭いきるのは難しかったのではないか」

「恐らくは。それで、隠すことにしたのです」

「隠す？　どうやって」

「そこで、長持の出番となるわけです」

新九郎は、また畠山の方を向いた。

「畠山刑部殿。あの夜の見回りのとき、物置の戸口に近い所に長持が置いてあって、邪魔だったと言われましたね」

「それが、どうした」

「あの長持を動かしてみました。長持の下の床には、たっぷり血が染み込んでいました」

「何と」

鶴岡が目を見開いた。

「拭いきれなかった血の上に、長持を置いて隠したのです。そのまま時が経てば、単なる黒い染みとなって、後々長持を動かしても、誰も何も思わなくなったでしょう」

鶴岡は、ほう、と嘆息した。

「後で長持をどかして確かめるとしよう。よく気付かれたな」

「畏れ入りましてございます。明るい中で仔細に検めれば、拭いきれなかった細かい血の痕が、他に幾つも見出せましょう」

「しかし、返り血は……」

畠山は言いかけたが、途中で止めた。確かに二人も斬れば多少の返り血は浴びるだろう。死骸を運んだなら、そのときにも血が付いたはずだ。しかし、斬った者が具足姿なら、ここは戦の最中の城だ。少しばかり血が見えても、誰も気に留めないだろうし、具足に付いた血はある程度拭き取れる。その下に着ていた着物に血が残っているかもしれないが、着替えてしまえば家捜しをしないことにはわからない。

「さて、では何故二人を斬った者が、斬ったことをひた隠しにしたか、という謎に戻りましょう」

十二

鶴岡と杉浦と畠山は、居住まいを正すようにして新九郎を注視した。今までに話したことから、新九郎の見立てが並々でない、ということを思い知ったようだ。

新九郎は、小さく咳払いした。

「山内主膳殿と乱破を斬った後、その者は死骸を抜け穴に隠し、物置を出た。しかし、この間に物音を聞きつけた者はいない。離れていたとはいえ、外にいた警護の兵たちもです。どうやら、他の者に気付かれぬよう、用心深く静かに事を運んだようですな」

鶴岡たちは、言葉を挟まずじっと聞いている。

「主膳殿が音を立てぬよう気を付けたのは当然です。だが、二人を斬った者も同様にした、というのは理に適(かな)いませぬ。考えられるのは一つ。この者も、主膳殿同様、騒ぎを起こしたくない理由があったのです」

新九郎は言葉を切り、三人の顔を見た。その中の一人の顔が、青ざめている。思った通りだった。

「その理由とは」

杉浦が聞く。新九郎は大きく息を吸って、答えた。

「その者も、織田方と通じていたからです」

「何と申した?」

畠山が目を剝いた。

「主膳殿が内応していたうえに、もう一人だと。であれば、その者は主膳殿の仲間ではないか。それが何故、主膳殿と乱破を斬ったのだ」

「仲間割れでもしたか。それともその者、再びこちら側に寝返ったか」

鶴岡も困惑を浮かべた。新九郎は「いいえ」ときっぱり否定する。

「再度寝返ったなら、それこそ声を大にして、主膳殿の内応を言い立てたはず。この者、度々宗旨(しゅうし)替えをするような御仁ではございませぬ」

「話がわからぬ。そもそも、そう何人も内応している者がいてたまるか」

畠山が、吐き捨てるような言い方をした。新九郎は、横目でじろりと畠山を睨んだ。

「畠山刑部殿、貴殿がそれを申されますか」

「何？　どういうことだ」

畠山の顔に、怒りの形相が表れた。新九郎は、冷ややかに応じる。

「これはしたり。貴殿は二度にわたり、それがしを亡き者にしようとされたではありませぬか」

「なっ……何を申す」

畠山は、刀に手をかけんばかりにして、新九郎に嚙みついた。

「言い逃れできませぬぞ。昨夜、忍び込んだ乱破の仕業に見せかけようと、それがしに斬りつけられましたな。その折、それがしは倒れ込んだ拍子に摑んだ石を、相手の額に叩きつけた。刑部殿の額にうっすら残った痣、それが何よりの証しでござる」

畠山は、思わずといった様子で額に手をやり、顔を顰めた。

「おのれ、何を言い出すかと思えば……」

「控えよ、刑部」

鶴岡の鋭い声が飛んだ。畠山が、びくっとして動きを止めた。新九郎は、そのまま続ける。

「三日前の夕刻、それがしは西曲輪の外の空井戸のところで、矢を射かけられました。明らかにそれがしを狙ったもの。刑部殿は、弓の名手だそうですな」

「弓上手の者なら、他に幾らでもおる」

そうは強弁したものの、畠山の額には汗が浮き始めていた。

「確かに。しかし、それがしを狙う理由は何でしょう。あの日の夕、それがしは奈津姫様と此度の一件につき、お話し申し上げておりました」

奈津姫と山内主膳殺しについて話していた、と聞いて、鶴岡の眉間に皺が寄った。新九郎は、気付かぬふりをした。

「その際、主膳殿が内応していたのでは、ということを口に出しました。ですが、それを盗み聞きされていたようです。刑部殿」

新九郎は畠山を正面から見据えた。畠山が、目を逸らした。

「刑部殿は自分の内応に気付かれたと思い、それがしから毛利方に伝わるのを恐れ、口を封じようとされたのでしょう。違いますか」

畠山の顔が真っ赤になった。

「拙者が、織田と通じていると申すか！」

「その通り。貴殿は、主膳殿と共に織田方に内応していた。が、それがしがこの城に来てすぐ、主膳殿が殺された。もしや貴殿は、それがしが毛利の意を受けて、織田に通じる者を始末しに来たのではないか、と疑われたのでは」

この辺りは、まったくの当て推量だ。畠山については、昨夜自分を襲ったことの証ししかない。出たとこ勝負だった。

「馬鹿を申せ！　それ以上言うなら、捨て置かぬぞ」

畠山が激昂し、立とうとした。だが、度が過ぎ、動揺を隠そうとしているのが見え見えだった。

「そうであったか」

それまで黙っていた杉浦が、嘆息した。畠山は、ぎょっとして杉浦を見た。

「兵庫殿、いったい……」

「今にして思えば、刑部、そなたは主膳殿の弱腰を責めつつ、終いには与する、ということが多かった。あれは二人で示し合わせ、合戦に持ち込むまいと軍議の流れを操っていたのではないのか」

それは新九郎が来る以前の話らしい。確かにありそうなことに思えた。

「何を言われる。それは余りにも……」

まさか杉浦から矛先を向けられるとは思っていなかったのだろう。畠山は、しどろもどろになった。

「もうよい、刑部」

鶴岡が、重々しく言った。畠山の全身が、強張った。

「いや、殿、それがしは決して」

「主膳と謀って内応していたというなら、もはや言い逃れは無用。そなたを処断したところで、我らは袋の鼠となっておる。是非もない」

鶴岡の言い方には、肚を括ったような、泰然とした響きがあった。

「そなたが主膳を殺したのだな」

「め、滅相もございませぬ！」

畠山の真っ赤になっていた顔にさらに朱がさし、赤鬼と化した。

「誓って、主膳殿を殺めてなど、おりませぬ」

「しかし……」

鶴岡がなおも問うのを、新九郎が遮った。

「その通りです。刑部殿ではございませぬ」

「違う、とな」

鶴岡が、驚きを露わにした。畠山は、ほっとしたように肩を落とした。

「左様。それがしはそのような……」

言いかけて、畠山はそれが何を意味するかに気付いた。唖然としたような畠山の目が、向かいに座る者の顔に注がれる。

「では……では、兵庫殿が」

鶴岡も、目を見開いて杉浦を見た。杉浦の顔は、先ほど新九郎が気付いたときと同様に、青ざめていた。

「何故に……」

鶴岡が呟くのに応じ、新九郎は言った。

「昨日、兵庫殿は矢渕佐兵衛殿に会われましたな。どのようなお話をされたのですか」

「それは、昨日の軍議で聞いたぞ。以前に織田方から言うてきたのと、ほぼ同じであった」

少し落ち着いた畠山が、杉浦に代わって答えた。新九郎は、引っ込めとばかりに畠山を睨んだ。

「同じことを繰り返すために、わざわざ矢渕殿を寄越すとは思えませぬ。矢渕殿は、黒田官兵衛から杉浦兵庫殿への言伝を、持って来たのです」

「言伝……だからそれは、降ってこの城を開け、との話であろうが」

畠山が、首を傾げながら言った。新九郎は取り合わずに言った。

「護衛のため同行した香川助右ヱ門殿は、話に加わっていない。矢渕佐兵衛殿と杉浦兵庫殿、二人だけの密談です」

新九郎は、身じろぎ一つしない杉浦に向かって、言った。

「黒田官兵衛は、矢渕殿を通じ、あなたがかねての約定(やくじょう)通り内応するか確かめ、催促をしたのではありませんか」

畠山が内応していると指弾したときより、衝撃は大きかったようだ。畠山は無論のこと、鶴岡さえも呆然としていた。

「織田方は、多くの乱破を放っています。城内へ入れずとも、主膳殿が殺されて以後の城内の異様な動きは、織田方にも伝わっているはず。黒田官兵衛は、その騒動のために段取りに狂いが生じないか、心配になったのです。何しろ、自分がやったことで歯車が嚙み合わなくなったのですから」

「それは……どういうことじゃ」

畠山は、話についていけないようだ。

「刑部殿に内応を誘いかけてきたのは、官兵衛ではないのでしょう」

「ああ……官兵衛と話をしたことはない」

言ってから、しまったという表情になった。これで畠山は、うっかり内応のことを認めたも同然だった。

「誰から持ちかけられたのです」

畠山は口籠る。が、鶴岡の目に射すくめられ、不承不承という風に口を開いた。

「竹中半兵衛だ」

新九郎は深々と頷いた。思った通りだ。

「こういうことです。山内主膳殿と畠山刑部殿には、竹中半兵衛から声がかかった。杉浦兵庫殿には、黒田官兵衛から働きかけがあった。だが、半兵衛と官兵衛は、それぞれの思惑で別々に動いていた。それゆえ、主膳殿と刑部殿、そして兵庫殿は、内応していることを互いに知らなかった」

杉浦も畠山も、何も言わず俯いている。その頭上に、鶴岡の声が飛んだ。

「兵庫、刑部、どうなのだ」

畠山が先に屈した。

「瀬波殿の言われた通りでございます」

畠山の呻くような返答に促されたか、杉浦も深く頭を下げ、言った。

「間違い、ございませぬ」

新九郎は、心底ほっとした。この二重の内応についても、ほとんどは推測に過ぎない。御白洲であれば、果たして通用したかどうか。だが、杉浦と畠山自身が認めたのである。

新九郎は、鶴岡の顔色を窺った。重臣三人もが織田方と通じていたことを知って、怒りを露わにし、両名を捕縛させるかもと思ったのだ。が、鶴岡は動かなかった。新九郎は、このまま続けることにした。

「では、あの夜のことにまいりましょう。主膳殿は皆様が順に見回りに出られる前、調子が悪いと退出された。刑部殿は、屋敷に戻られたはず、と言われましたな」

畠山は、無言で頷いた。

「実は主膳殿は、内応に関わる打ち合わせ、恐らくはいつどのように、という話か、どう合図をするか、というようなことでしょうが、そのために乱破が送り込まれると知った。大事な話ですから、乱破に身をやつした侍であったかもしれませんな。主膳殿は一度本丸屋敷を出られ、使者の乱破に会うためこっそり戻り、物置に入った」

「主膳は、乱破がその晩に抜け穴から来ることを、どうやって知ったのだ」

鶴岡が尋ねる。この答えも推測だが、割合に明白だった。

「羽柴勢が大手口を攻めたとき、矢文が射込まれました。それを最初に読まれたのは、主膳殿です。普通に読めば目新しいことは書いていなかったようですが、何かの印か符牒で、乱破が忍び入ることが示されてあったのでしょう。大手口の将が主膳殿と知り、矢文を射れば間違いなく主膳殿が目を通す、と承知してのことです。しかも、矢文の花押は半兵衛のものだった。これは、内応に関わる内密の知らせとの印でしょう」

その矢文は鶴岡が燃やしてしまったので確かめようはないが、間違ってはいないはずだ。

「なるほど。それを読んだ主膳は、物置に潜んで乱破を待ったのだな」

「はい。ところが、兵庫殿に見つかってしまった」

ここで新九郎は、杉浦に尋ねた。

「どうして見つけられたのです」

杉浦は躊躇ったが、もう隠す必要もないと思ったのだろう。素直に話し始めた。

「最初に物置を見回ったときは、何も気付かなんだ。主膳は儂が行ってしまうのを待って物置に入ったのであろう。だが儂は見回りの途中で軍扇を広間に置き忘れたのに気付いて取りに戻ろうとした。そのとき、物置の戸の隙間からほんの僅か、光が漏れておったのだ。が、すぐに消えた。おそらく、儂の足音を聞きつけたのだろう。妙だと思い、そのまましばらく気配を消して、待った。すると再び灯りが漏れたので、こっそり聞き耳を立てた」

「そこで主膳殿の内応がわかったのですね」

杉浦がゆっくりと頷く。

「無論、全てが聞こえたわけではないが、内応の話であることはわかった。それで、そうっと戸を開けたのじゃ」

「主膳殿も仲間だと思ったのですか」

「そうだ。しかし、戸を開けて中に入った途端、斬りつけられた」

新九郎は、「でしょうな」と返す。

「主膳殿はあなたの内応を知らないのですから、単に自分の内応がばれたと思い、あなたの口を塞ごうとした。しかし互いに大声も大きな音も出せないので、自分も内応者なのだと知らせる術がない」

杉浦は、無念そうに唇を噛んだ。

「やむを得なかった。相手は二人、斬らねばこちらが斬られていた」

「それはわかります。で、あなたは二つの死骸と刀を抜け穴に隠す細工をし、床の血を始末し、拭いきれなかった血を長持で覆ってから何食わぬ顔で見回りを続け、血を拭いた布を裂いて、かがり火に次々、投げ込んでいった」

「燃え残りに気付かれるとは思わなんだな」

杉浦が、ぼそりと言った。

「死骸を隠したので、あなたの後で見回りに出た刑部殿も門田次郎左衛門殿も湯上谷左馬介殿も、怪しいことには何も気付いていない。さらにあなたは、二度目の見回りに出たとき、助右ヱ門殿に出会い、一緒に回るよう告げた。これは、一人で回るより証人がいた方がいいと考えたからでしょう。主膳殿の行方がわからないと騒ぎになったときの用心ですね。しかし、これが裏目に出た」

杉浦は、ここで苦笑を漏らした。

「助右ヱ門を誘ったのは、その場の思い付きじゃ。考えが浅かった。そのために、助右ヱ門と一緒に死骸を見つける羽目になり、もう一度死骸を隠すことができなくなった」

もし死骸に誰も気付かず抜け穴に隠されたままだったら、腐るまで見つからなかったかもしれない。そうなれば素人には傷の形もわからず、乱破を見つけて追った山内と相撃ちになった、として片付けられ、杉浦の目論見は完全に成就しただろう。

「兵庫殿は、死骸を見つけたとき『馬鹿な』と叫ばれた、と助右ヱ門殿から聞きました。これは、いきなり死骸を見つけたときに口にするひと言としては、少しおかしい。『これは何事か』とか『主膳殿！』と叫ぶのが普通でしょう。馬鹿な、とは、あり得ないことを目にしたときの言葉です。つまり兵庫殿は、抜け穴に隠したはずの死骸が物置に戻っているのを見て、そんなことはあり得ない、と咄嗟に思われたのですね」

杉浦は目を瞬いた。つい口を衝いて出た言葉が、そんな風に解釈されるとは思ってもいなかったに違いない。

「隠し事というのは、なかなかうまくいかないものです」

新九郎が言うと、杉浦は「そうかもしれんな」と呟いた。

「何ともまずいやり方であったな。主膳を斬ったとき、主膳の裏切りを知って成敗したと言っておけば、自らへの疑いを避けられたものを」

鶴岡が言うのに、新九郎はかぶりを振った。

「それはそれがしも思いました。しかし、羽柴筑前としてはどうでしょう。せっかく内応していた主膳殿を、兵庫殿が斬った。互いに知らずにこうなった、と言っても、筑前がその弁明を受け容れるでしょうか。実は兵庫殿は二股をかけ、裏で毛利の意を受けて動いているのではないか、という疑いは消せないでしょう。そうなれば、筑前は和議の後、用済みになった兵庫殿を早々に始末するかもしれませぬ。それを恐れたのですな」

鶴岡が「なるほど」と呟く。杉浦は小さく「そうだ」と言って、肩を落とした。

「しかし、どうして儂だとわかった。矢渕佐兵衛殿との会合と死骸を見つけたときのひと言からだけか」

杉浦が、どうも解せぬという風に、聞いた。新九郎は「いいえ」と答える。

「長持のおかげです」

「長持？　血の痕を隠すのに置いた、あの長持か」

新九郎は頷いて続けた。

「あの長持は、もともと抜け穴の入口を塞ぐのに置いてあった。それを主膳殿が、乱破を通すために脇にどけた。あなたはその長持を見て、血を隠すのに使えると考え、動かした」

杉浦の顔は、その通りだが、それがどうしたと言っていた。新九郎は畠山の方を向いた。

「先ほど申しました通り、もとは抜け穴の入口の前にあった長持が、刑部殿が見たときは戸口を入ってすぐのところに移されていた。主膳殿が乱破の出入りのため長持を脇にどけたとすると、それをさらに血の痕の上に動かせたのは、刑部殿より先に見回りで立ち入った兵庫殿だけ、となります。兵庫殿が潔白なら、長持が移されていたことに二度目の見回りの際、真っ先に気付いたはず。なのにひと言も触れなかったのはおかしいでしょう」

畠山は、うーむと唸った。

「刑部が偽りを申したかも、とは考えなんだのか」

鶴岡が確かめるように聞く。

「はい。刑部殿は、それがしが兵庫殿と佐兵衛殿の会合の話をしたとき、ややこしいことをしてくれる、と言われました。あれは、竹中半兵衛から自分に内応の話が来ているのに、黒田官兵衛もまた何やら動いている、それがややこしいとの意味でございましょう」

「む……よく覚えておるな」

畠山が苦い顔をする。

「そこであなたは、たまたま思い出した長持の話をされた。そのややこしいことから、話を逸らせるためでしょう。ということは、あなたは長持のことが大事だとは思っていなかった。その意味するところを、ご存じなかったからです。だからこそ、嘘はないと思いました」

「そこまで読み取られたか」

「兵庫殿は、長持が動かされていることに刑部殿や左馬介殿が気付く恐れがある、とはお考えにならなかったのですか」

「……それは儂も考えた。しかし、気付いて抜け穴を調べられても、そこで見つかるのは死骸だけじゃ。主膳と乱破の相撃ちで片付き、儂の仕業と考えるものはおるまい、と思うたのじゃ。まさかこのように見抜かれるとはな」

杉浦が、嘆息した。何やら、肩の力が抜けたようであった。

「相わかった。瀬波殿、お見事であった」

鶴岡が、全てに得心がいったらしく、明瞭な声で言った。

「殿」

杉浦と畠山が、ほぼ同時に鶴岡に向かって両手をついた。

「誠に申し訳ございませぬ。このようなことになりましたは、我が不徳のいたすところ」

「しかしながら殿、今、織田家の勢い止まるところを知らず、播磨の行く末を見ますに、もはや……」

二人が口々に言いかけるのを、鶴岡は「もう良い、それまで」と制した。

「重臣三人までもが織田方に通じていたのじゃ。これでは戦にならぬ」

杉浦と畠山が、目を見張った。

「殿！」

「それでは」

「昼、評定を開く。皆に伝えよ」

「ははっ」

杉浦と畠山は、再び平伏した。安堵の息が漏れるのが、聞こえたような気がした。

「瀬波殿、ご苦労であった。下がって休まれよ」

新九郎は、「ご無礼申しました」と頭を下げた。鶴岡は先刻に比べ、却って泰然としているように見えた。

十三

昼を少し過ぎた頃、評定が始まった。新九郎は、重臣たちが揃う広間から板戸一枚隔てた、控えの間に座った。閉め切られてはいないので、重臣たちの半分は見えるし、声も聞こえる。新九郎が喋ることはないので、これで充分だった。

重臣たちが床に手をつき、一礼したことから、鶴岡が着座したとわかった。新九郎も居住まいを正す。

「羽柴勢が城を囲んで、九日になる。昨夜は、綱引城が二千の敵に攻められた」

鶴岡は、前置きを一切抜きで話し始めた。

「幸い、昨夜は押し返すことができた。皆、よう働いてくれた」

労いの言葉に、畏まった挨拶が返る。

「しかしながら、これをいつまで続けられるか。毛利の軍勢は、上月城を囲んだままじゃ。こちらへの加勢は、望めぬ」

ざわめきが起きた。鶴岡の言わんとする意図を、察したのだろう。

「三木城は、如何相成ります。三木城の別所勢はおよそ七千。我らと合わせれば、羽柴勢とはほぼ互角となりましょう」

勢い込むように言ったのは、湯上谷だ。この前は他力を当てにする山内を責め、青野城だけで戦うことを主張していたのに。やはり、奴はどうしても戦がしたいんだ、と新九郎は思った。何よりも、戦功が欲しいのだ。それが単に戦国の男としての野心か、奈津姫に認められたいからなのか、新九郎には判じ難かった。

「次郎左衛門殿は、やはり戻られませぬか」

重臣の一人が言った。三木城と連絡がついたのかどうか、知りたいのだ。鶴岡はそれには答えず、言った。

「確かに、頭数は揃う。だが、三木城の別所をどこまで信じることができるか。先年、干戈を交えてより幾らも経っておらぬ。拠るべき旗を変えるのは戦国の習いとはいえ、互いに遺恨はまだあろう」

　畠山のことを指しているように思えた。しかし奈津姫も言ったが如く、そんなことに拘っていては戦国の世で生きられぬ。多くの者は、そう思ったろう。

「別所は長年従った織田に叛旗を翻した。そのような裏切りに対し、織田信長がどのような仕打ちをするか、皆も知らぬわけではあるまい」

　一座が、一瞬静まった。信長は、裏切りに対しては苛烈だ。別所と組めば、敗北した場合、余程うまく言い訳ができないと、こちらも一蓮托生で根絶やしにされかねない。そういう危険は、確かにあった。

「上月城のこともある。去年暮れ、上月城が羽柴勢に落とされたとき、最後まで抗った上月城の者どもがどうなったか、覚えておろう」

　この話は新九郎も、この城にいる間に耳に挟んでいる。上月城落城の際、城の者たちは子供に至るまで、全て首を刎ねられたという。抗い続ければどうなるか、という見せしめだ。

「しかし、上月城を囲む毛利勢は大軍です。この後、さらに後詰が加われば六万ほどにもなりましょう。一万余の羽柴勢では、正面からぶつかることもできぬはず。上月城はそう長くもつとも思えませぬ。この六万が東に動きさえすれば、羽柴勢など立ち所に蹴散らされましょう」

湯上谷が食い下がる。この後、毛利がどうなるか知っている新九郎には、歯痒いことだった。

「同じように考えた播磨の諸勢が、三木城に呼応して毛利方に回ることもあり得るかと」

別の誰かが言った。湯上谷が勢いづく。

「そうなれば、播磨中が我らの味方。いかに羽柴筑前でも、退くしかありますまい」

「織田信長を、侮ってはならぬ」

鶴岡が、重々しく言った。湯上谷が、ぎくっとしたように弁舌を止める。

「播磨の諸勢は、いずれも小さい。一つずつ順に攻められれば、忽ち潰されてしまうであろう」

湯上谷の反論はない。鶴岡の言う通りなのだろう。

「浅井(あざい)と朝倉(あさくら)は既になく、武田(たけだ)も以前の力はない。上杉(うえすぎ)も動かず、石山本願寺(いしやまほんがんじ)も劣勢。今の織田は、毛利を上回る大軍を動かすことができる。本腰を入れてかかられては、毛利の方が退かざるを得まい」

「では殿は、やがては織田が毛利を呑み込む、と思し召されるのですな」

畠山が、合の手を入れるように言った。鶴岡が「うむ」と唸ったのが聞こえた。

「殿の御存念を、お聞かせ願いまする」

杉浦が言った。鶴岡と打ち合わせてのひと言だろう。

「和議に応ずる」

一拍置いて、鶴岡が宣した。どよめきが起きる。が、思ったよりは大きくない。

「羽柴勢に降る、と仰せか」

湯上谷が、血相を変えた。

「そうじゃ。この青野城が生き残るには、それしかない」

「何と言われます。まだ戦は……」

「仰せの通り、と存じまする」

湯上谷を制するように、杉浦が張りのある声で言った。一片の迷いもなし、と周りの者には聞こえたろう。

「それがしも、仰せに従います」

続けて畠山が言った。湯上谷が顔を真っ赤にして、そちらを見る。さらに何人かから、鶴岡に従うとの声が上がった。鶴岡の意志に杉浦と畠山が賛同しているとあっては、抗すべくもないと考えたのだろう。或いは、既に根回しがされていたのかもしれない。

「これは……何としたことか！　ほとんど戦らしい戦もせぬまま、ただ降るなどと……」

孤立したと知った湯上谷は、声を荒らげて抵抗を続ける。それを、杉浦がぴしゃりと封じた。

「控えよ左馬介。評定は和議と決したのじゃ」

湯上谷は、わなわなと肩を震わせた。湯上谷に声をかける者はいなかった。

評定が終わり、後は開城の段取りを決めるということで、新九郎は退出を求められた。確かに、そんな話を新九郎に聞かせる意味はない。

「瀬波殿」

廊下に出たところで、杉浦に呼び止められた。新九郎は、いささか気まずい思いで杉浦を見た。杉浦の罪を暴いてみせてから、数刻しか経っていない。しかも、江戸であればすぐお縄になるところ、何の処断もされていないのだ。この城の今の形勢を考えれば、やむを得ないかもしれない。だが、わだかまりは残った。

「此度は、その、いろいろと済まなんだ」

「は……」

済まなんだ、と言われても返しようがないので、口籠った。

「聞いての通り、和議と決まった。そなたの立場からは、受け容れ難いであろうが」

毛利の家臣として言うなら、まさしく認め難い。が、新九郎にとってはどうでも良かったので、黙っていた。

「城を、出られよ」

「は？」

「明日には羽柴勢が城内に入る。夜明けに、誰にも気付かれぬよう城を出て、上月の陣へ戻られよ。殿よりの御指図じゃ。世話になった、とな」

そうだった。羽柴勢に降ると決まった以上、毛利の家臣ということになっている自分が、このままここにいるわけにはいかない。居残れば、羽柴勢に捕らわれ、運が悪ければ処刑されてしまう。

「承知仕りました。こちらこそ、お世話になり申した」

自分が見つけた下手人にこんな挨拶をするのは、ひどく妙な感じがした。杉浦は、「では」と一礼し、広間に戻った。

一旦杉浦の屋敷に戻り、身支度を調えた。借りた素襖は返さねば、と思い、元の着物と黒羽織に着替え、十手を帯に差した。これで外を歩いたら、初めにこの城に来たとき同様、珍妙に見られるだろう。しかし、今のところこれしかないので仕方がない。後で古着でも譲ってもらうか、などと考える。そう言えば、金もない。財布はあるが、江戸の銭など通用しまい。

(さて、城を出て、どこへ行ったものか)

行く当てはまったくなかった。毛利の陣まで行って、足軽にでも雇ってもらうか。うまく生き延びれば、徳川の世になって、子孫が長州萩三十六万石の末席に連なっているかもしれない。

新九郎は、つい笑ってしまった。自分は、何を呑気なことを考えているのか。一歩外に出れば、戦乱の真っ只中。評定のときの話からすれば、間もなく播磨は、そこらじゅうで戦になる。そんな中では、来年まで生きられるかどうかも危ういのだ。

埒もないことを考えていると、夜になった。杉浦や重臣たちは、まだ本丸屋敷に詰めているようだ。新九郎は立ち上がった。奈津姫に会わねば。姫には、下手人を突き止めるため、だいぶ手助けしてもらった。結末を、話しておかなければならない。そうして……別れを告げる。それを思ったとき、新九郎の胸が詰まった。

できるだけ陰になったところを伝い、本丸警護の兵に見られぬようにして、庭の奥に入った。部屋には灯りが灯っているが、どれが奈津姫の部屋かわからない。突っ立ったまま躊躇っていると、いきなり障子が開いた。

「呆けたように、何をしておる」

奈津姫だった。新九郎は、ほっとして頭を下げた。

「姫様、夜分にご無礼いたします」

「城を出るのか」

いきなり奈津姫が聞いた。言葉に詰まると、着物を指差された。

「そのおかしな恰好に、また戻っておるからじゃ」

ああ、そうか。おかしな恰好ねえ。新九郎は頭を掻いた。

「和議のこと、お聞きになりましたか」

「父上より聞いた。決まった以上、致し方あるまい」

思ったより、さばさばした言い方だった。降伏を嘆いているようには見えない。戦国の姫たちは皆、自らの運命について達観しているのか。この奈津姫に限って、特別に肚が据わっているのか。新九郎には測りかねた。

そこで思い出した。和議の条件に、嫡男と姫を人質にすることが含まれていたのではないか。

「奈津も一度、都や安土に建てておるという城を、見たいと思うていた」

奈津姫は、新九郎の顔付きで察したのだろう。殊更に明るい声で言った。

「何と申し上げるべきか、わかりませぬが」

新九郎は、じっと奈津姫の顔を見ながら言った。

「姫様ならば、どのようなことがあっても、難なく乗り越えられましょう」

奈津姫が笑う。

「それは、褒めておるつもりか」

「え、はあ、左様で」

新九郎がうろたえ気味になると、奈津姫はまた笑った。

「まあ良い。奈津も、頭を低うして生きていくつもりはない」

常に頭を上げて前を向く、か。奈津姫らしい、と新九郎は微笑んだ。

「それで、今すぐ行くのか」

奈津姫が真顔に戻って聞いた。

「兵庫殿より、夜明けに人目に立たぬよう城を出よ、と言われました。式部様の御指図、と」

「何、兵庫が？　父上の御指図？」

奈津姫の顔色が変わった。

「で、そなた、言われた通りにするつもりか」

「は？　そのつもりですが」

「そなたは、阿呆か！」

奈津姫が、すごい形相で嚙みつくように言った。新九郎は啞然とした。

「な、何です。御指図があった以上は……」

「だから阿呆と申しておるのじゃ！　そなたは毛利の臣ということになっておるのじゃぞ。織田方に降ろうというときに、毛利の者を無事に城から逃がすと、本気で思うておるのか」

あっ、と新九郎は声を上げた。奈津姫の言う通りだ。毛利の使者が城に留まっているのを羽柴勢が知っていて、その使者を生かして帰せば、降ると言いながら毛利と二股をかける気ではないか、と疑われても仕方がない。

「では、兵庫殿は……」

「決まっておろう。夜明けに出よと言っておいて、夜半にそなたを襲い、殺すつもりじゃ。その首、羽柴筑前への良い手土産になろう」

新九郎は、思わず首に手を当てた。手土産にされては堪らない。杉浦は、山内主膳殺しを暴いた自分を殺すのに、何の躊躇いもないだろう。

「これは……困ったことになりましたな」

自分でも間抜けなことを言っている、と思ったら、奈津姫がぶち切れた。

「えーい焦れったい！　こっちへ来ぬか」

奈津姫は縁先から飛び降り、新九郎の手を摑むと、縁の上に引っ張り上げた。

「姫様……」

「余計な声を立てるな！」

奈津姫は新九郎を引きずるようにして、板戸を開けた。その部屋には御簾が下げられ、飾られた美しい打掛の前に、床が延べられていた。新九郎は目を見張った。

「姫様、これは」

「奈津の寝所じゃ。まず座れ」

奈津姫は寝床の端に座り、新九郎に手で、自分の前に座るよう示した。新九郎が驚いて目を瞬(しばた)かせると、奈津姫が赤くなった。

「あー、その、勘違いするでない。ここなら、断りなく誰も入って来ぬゆえ、見つからぬ」

「あ、左様ですか。いや、勘違いなどと、まさか」

新九郎は、慌てて座った。心の臓が、暴れ出しそうだった。

「申し訳ございませぬ。姫様に、とんだご迷惑を」

平伏すると、奈津姫は「よせ」と怒ったような声を出した。

「迷惑などと、思っておらぬ。とにかくここで、しばらく隠れよ。誰か来るようなら、納戸(なんど)に入れ」

「は、承知仕りました」

まるで間男だな、と新九郎は笑い出しそうになる。

「夜明け前、隙を見てそなたを城から出す」

「姫様が？」

驚いて問うと、奈津姫は、任せろとばかりに膝を叩いた。

「抜け穴を使うのじゃ。乱破の死骸のあった偽物ではなく、本物の抜け穴を」

「ああ、なるほど」

確かに、それしか手立てはあるまい。

「それまで時がある。少しぐらい話していても、外には漏れぬ。仔細を聞かせてくれ」

「仔細と申しますと、主膳殿を殺した者について、ですか」

「無論じゃ。挨拶だけに来たわけではあるまい。それを教えてくれるのじゃろう」

その通りだ。新九郎は頷き、話し始めた。

「そうか……兵庫であったか」

半刻余りかけて話を終えると、奈津姫は嘆息するように言った。

「さすがに、重臣が三人も内応していたとは思わなんだが。しかも、兵庫と刑部らは別口の誘いであったのか。筑前めも、面倒なことをするものじゃ」

「面倒な、と言うより、これはあちらの手違いでしょう。采配一つで大軍が動く合戦とは違って、調略では右手のやっていることを左手が知らない、ということがままあります」

「策を弄し過ぎたか」

「筑前自身も、全ては知らなかったのでは」

「調略にあっさり乗る方も乗る方じゃが」

だから重臣どもは信用できぬのじゃ、と奈津姫は嘲笑した。

「姫様は、こうなることを承知しておられたのですか」

「そこまでは言わぬが、この城が一枚岩でない、というのは感じておった」

やはり、奈津姫の嗅覚は鋭かった。

「結局のところ、戦に気負っていたのは左馬介だけであったか」

「そうですな」

新九郎は、評定の席での湯上谷の様子を思い出した。他の重臣たちが皆、和議になびいてしまう中、無駄と知っても一人だけ抗った。江戸の奉行所にも、ああいう男はいた。善良で真っ直ぐなのだが、不器用な気質のせいで常に損をしてしまうのだ。

「左馬介も、そなたのおかげで助かったかもしれぬな」

「は？　どういうことでしょう」

「主膳を殺す機会のあった重臣のうち未だ行方のわからぬ次郎左衛門を別にすれば、左馬介だけが内応していなかった。しかも、主膳とは仲がいいとは言えなかった。主膳殺しの罪を着せるには、恰好の相手ではないか」

「あ……なるほど」

　奈津姫の言うことは、理に適っている。山内と乱破の相撃ちで片付けばいいが、そうならなかった場合、最も疑われそうなのは湯上谷だ。そこで湯上谷を下手人として処断してしまえば、和議に反対する者はいなくなる。真の下手人の杉浦だけでなく、畠山にとっても好都合だ。新九郎が真相を暴かなければ、湯上谷の処断で幕が引かれたに相違なかろう。

「慧眼、恐れ入りました」

　そう言ったとき、誰かが廊下を歩いてくる気配がした。奈津姫が、鋭い目を向ける。新九郎は無言で頷き、そっと納戸に入った。

「姫様、姫様、夜分お休みのところ、申し訳ございませぬ」

侍女の声だ。奈津姫が不機嫌な声で応ずる。

「ああ？　何じゃ」

「姫様、助右ヱ門にござる。ちとお尋ねしたきことが」

香川の声だった。侍女が案内してきたのだ。新九郎の手に、汗が滲んだ。

「少し待て」

衣擦(きぬず)れの音がし、しばらく待って戸が開けられた。

「何事か」

「はっ、瀬波殿を捜しております。姿が見えませんで。姫様とはよくお話しされておりましたので、もしやご存じでは、と」

「よく話しておったので、寝所へ誘い入れたかも、と申すか」

怒気(どき)を含んだ声に、香川がたじろぐのがわかった。

「い、いえ、決してそのような」

「無礼にも程がある！　下がれ！　それとも、奈津の寝所を家捜しするか」

「とっ、とんでもなきこと。誠にご無礼いたしました」

話はそれで終わり、戸が閉まって足音が遠ざかっていった。香川の、ほうほうの体(てい)で帰る姿が目に見えるようだ。新九郎は奈津姫の機転に、快哉(かいさい)を叫びたくなった。

「もう良いぞ」

奈津姫の声が聞こえ、新九郎は納戸から這い出した。礼を言おうと奈津姫を見て、ぎょっとした。先ほどまで小袖姿だった奈津姫は、白い夜着に打掛を羽織っていた。

「いや、これは……どうも」

新九郎の目が、夜着姿に釘づけなのに気付いたか、奈津姫はまた真っ赤になった。

「だからぁ、勘違いするなと言うに！　助右ヱ門が来たので、寝ていたふりをして追い払ったのじゃ」

「は、はい。見事なお手並みでございました」

「何じゃ、そなたも赤くなっておるぞ」

言われて、自分の顔が熱くなっているのに気付き、俯いた。奈津姫が噴き出した。

「まあ良い。このまま夜明け前まで待とう。しばらくは、そなたを捜し回っておるであろうから」

やはり鶴岡たちは、本気で新九郎の命を狙っているのだ。つくづく自分は、泰平慣れで呆けているな、と新九郎は自嘲した。

「はい。重ね重ね、申し訳ございませぬ」

「構わぬ。何なら、やはり一緒に床に入るか？」

「姫様！」

血相を変えると、奈津姫が声を殺して笑った。

十四

そのまま、しばらく待った。大声を出せぬし、眠ることもできないので、奈津姫と取りとめのない話をした。家中のこと。近在の村のこと。姫の知る世間は、そう広いものではなかった。しかし嗜みであろう、物語や詩歌などには、通じていた。古今和歌集の話を振られたときには、新九郎の乏しい知識では全く噛み合わず、姫に嗤われた。

（まさか城主の姫君と、このような夜を過ごすことがあろうとは）

江戸では絶対にあり得ない。新九郎は時を忘れた。

やがて、話が尽きた頃、奈津姫が言った。

「そろそろ、じゃな」

耳を澄ませば、時折聞こえていた兵たちの足音や微かなざわめきも消え、本丸は静寂に包まれている。

「夜明けが近い。人の気が、最も緩む頃じゃ。よし、新九郎、納戸に入れ」

「は？　何故です」

「馬鹿！　奈津が着替えるからに決まっておろうが」

新九郎は慌てて納戸に這い込んだ。

出て良い、との言葉でそうっと納戸の戸を開けると、奈津姫は小袖に括り袴という、いつもの出で立ちになっていた。ただ、色が黒っぽい。乱破の真似事をするつもりかと、新九郎は呆れた。

「では、参るぞ」

奈津姫が戸に手をかけた。新九郎は覚悟を決め、頷いた。

外はまだ、暗かった。仲春（ちゅうしゅん）の夜気が、体に沁（し）みる。板塀の陰から覗くと、かがり火に照らされた警護の城兵の、黒い影が幾つも見える。

「表は駄目じゃ。こっちへ」

奈津姫が、新九郎の手を摑んで引っ張った。新九郎は、姫に導かれるまま、本丸屋敷の裏手に入った。そちら側は、屋敷と城壁の間が狭く、兵は配されていない。この前、畠山が夜陰に乗じて新九郎を襲ったときも、ここから現れ、ここから逃げたのだ。

真っ暗だが、奈津姫は勝手を知っているらしく、止まることなくどんどん進んだ。自分一人では、行き方を教わったとしても、手燭の灯りなしでは進めなかったろう。

「ここじゃ」

西南の角を回った辺りで、奈津姫は足を止めた。壁を手で探ると、弓矢らしいものが現れた。どうやら、畠山が新九郎を射たときに使った弓矢の置き場と、同じ造りのようだ。

「この奥の羽目板を、動かす」

奈津姫は小声で言い、ごそごそと動いた。羽目板が外れる気配があり、新九郎の手が引かれた。弓矢を倒して音を立てないよう、少しずつ慎重に、身を入れる。新九郎の体が全部入った、と思えたところで、奈津姫が羽目板を内側から元に戻した。暗い中で、よく手探りだけでできるものだと、新九郎は感心した。

「ここは、光が漏れぬように造ってある」

奈津姫が言い、火打石の音がした。手燭が置いてあったようだ。蠟燭に火が点き、周りが見えるようになった。新九郎が足元に目を落とすと、石段がずっと下に続いていた。

「ここからは、一人で行ってもらわねばならぬ。十五段ほども下りると、底に着く。その先は、なだらかな下りじゃ。ひたすら真っ直ぐ進めば、出口がある」

築城の時から用意されていたものだろう。立派な抜け穴だった。

「これを持って行け。足元に何があるかわからぬ」

奈津姫が手燭を差し出した。新九郎は礼を言って受け取り、それを傍らに置いた。

「姫様、一つお伺いしたきことが」

新九郎は狭い中で奈津姫と向き合い、言った。奈津姫が怪訝な顔をする。

「何じゃ」

「姫様は先ほど、それがしが毛利の臣ということになっている、と申されました。つまり、それがしが実は毛利の者ではない、とお思いだったわけですね」

奈津姫は、あっ、という表情を浮かべた。

「そうか、そんなことを言ったか。さすがに、兵庫のことを見破っただけのことはある」

　奈津姫は、仕方ないなというように溜息を吐いた。

「そうじゃ。奈津はそなたが、毛利の臣などと思うてはおらぬ」

「では……どこの何者ともわからぬそれがしを、何故このように助けて下さるのです」

「それは……」

　奈津姫は何か言いかけたが、一度口を閉じ、改めて意外なことを告げた。

「そなたは、この世の者ではない。この世におるべき者ではない、と思うたからじゃ」

　その言葉に、新九郎は面喰らった。

「それがしを、物の怪か何かだと？」

「違う、違う。言い方が悪かった」

　奈津姫は慌ててかぶりを振った。

「うまく言えぬが……そなたは、我らのいる世とは違う、どこか他のところから来たのではないか、と思うたのじゃ。そう……竹取（たけとり）物語の、かぐや姫のような」

新九郎は、大きな驚きをもってその言葉を受け止めた。奈津姫は、見抜いていたのか。

「何故、そう思われました」

「まず、その奇妙な出で立ちじゃ。話す言葉も、どことなくおかしい。どうしても、現世の侍らしく見えぬのじゃ」

それはそうだな、と新九郎は思う。素襖を着て、この時代の侍になったつもりでいても、容易に誤魔化しは利かないのだ。

（それにしても、かぐや姫か）

かなり飛び抜けた考えだが、毛利の使者、というよりは余程実体に近い。物語を多く読み、鋭い嗅覚を持つこの姫にして、初めて見抜けることなのだろう。

「どこから来たのじゃ、そなたは」

初めて真っ向から聞かれたな、と新九郎は思った。ならば、隠すこともない。

「二百年ほど先の世から、参りました」

奈津姫は、驚かなかった。

「何をしに来た」

「何も。崖から落ち、気が付いたらここにいました」

　奈津姫は、くすっと笑った。

「天から落ちてきたようなものじゃな。まさに、かぐや姫じゃ」

「そんな結構なものでは、ございませぬ」

　渋面（じゅうめん）を作って見せると、姫はまた笑った。

「帰れるのか」

「それは……それがしが知りたいです」

　姫は眉を下げ、困ったことじゃな、と言った。それから、急に真剣な顔になって聞いた。

「そなたの世では、戦はもうないのか」

　新九郎は、はっとした。これは奈津姫の、心からの問いかけだ。戦がなくなること。それは奈津姫だけでなく、この戦国の、多くの人々の願いなのに違いあるまい。新九郎は、杉浦に「血の臭いがせぬ」と言われたことを思い出した。杉浦でさえ、あのときはまるで、羨（うらや）むような口調だったのだ。

「ございませぬ。もう長い間」

　きっぱりと言った。

「そうか」

奈津姫の表情が、この上なく明るくなった。

「新九郎」

奈津姫の目が、真剣な光を帯びた。

「帰れることを、願うておる。その、戦のない世に」

「はい」

「奈津も……その世を、見たかった」

「見られます、きっと」

関ヶ原合戦まで、あと二十数年。大坂夏の陣が終わり、徳川の泰平の世が盤石になるまで四十年足らず。奈津姫が健やかであれば、そのときまで充分に生きられるはずだ。が、奈津姫は無論、そのことを知らない。

「なれば、叶うと信じよう」

奈津姫は嬉しそうに微笑み、新九郎をじっと見つめた。そして、両手を差し出した。新九郎が驚いていると、奈津姫は両手を、新九郎の頬に当てた。そのまま、新九郎の目を見つめている。

一瞬の、衝動だった。新九郎も両手を出し、奈津姫の顔をぐっと引き寄せ、唇を重ねた。奈津姫は、抗わなかった。新九郎の頬に当てていた手を、そのまま背中に回した。

　長い時が経った、と思ったが、実は瞬きするほどの間だったかもしれない。奈津姫は、はっとしたように新九郎を押しやった。新九郎は、どぎまぎした。何と言っていいのか、わからなかった。

「夜が明けてしまう。行け」

　そうだ。もうあまり猶予はない。

「では……御免」

　それだけ言うのが精一杯だった。新九郎はさっと姫に背を向け、石段を下りようとした。

「新九郎！」

　奈津姫の声が、背中に飛んだ。新九郎は足を止め、振り向く。

「達者で」

　ただひと言、そう言った。姫は、泣いているように見えた。

「姫様も」

　それだけ返し、新九郎は未練を断ち切るように、急いで石段を駆け下りた。

石段を下り切ると、奈津姫が言った通り、少し緩い坂道になった。だが、なだらかとまでは言えず、うっかりすると滑り落ちそうになる。百足や蚯蚓などの他、虫もいろいろ棲んでいるようだ。手燭の光が届くところの先は、暗闇がどこまでも続いていた。

(よくもまあ、こんなものを掘りぬいたな)

闇の奥に目を凝らしても、終わりが見えない。もしかしたら、この穴は無限に続き、永遠に出られないのでは、とさえ思った。こんな穴を、どうやったら掘れるのだろう。

そこで、はたと思い当たった。竪堀だ。

(そうか。あれと同じように斜面に溝を掘って、後から蓋をして土を被せたんだ)

そのやり方なら、少々長い抜け穴でも造れるだろう。出口を塞がれても、途中の天井を破って外へ出ることができる。新九郎はこの城を縄張りした者の工夫に感心しつつ、先を急いだ。

二町ほども進んだかと思う頃、ふいに坂道が終わり、平坦になった。出口が近いのか、と思ったとき、壁に突き当たった。ここで行き止まりだ。壁に近付き、手燭を掲げて上を照らした。梯子段が、上に延びている。新九郎は手燭を吹き消し、梯子段を上った。

梯子のてっぺんで、板に頭をぶつけた。出口には、蓋がしてあるらしい。手を当ててみると、僅かに動いた。新九郎は、ゆっくりと慎重に、その蓋を押し上げた。五寸ほど持ち上がったところで一度止め、気配を窺う。かさりとも、音はしなかった。少しだけ迷ったが、そう待つこともできない。思い切って、一気に蓋を押した。

被せてあった草と共に蓋が跳ね上がり、脇に転がった。白み始めたばかりの、空が見えた。新九郎は穴の縁に手をかけ、焦らないよう息を整えてから、這い出した。

立ち上がり、辺りを見回す。谷底のようだった。夜明けの光はまだ届かず、闇に沈んでいる。背後を見上げた。青野城を頂く山が、新九郎の上にのしかかってくる。空を背景に、黒い影になった城壁の輪郭を見ることができた。

（さて、どっちへ行くか）

方角の見当に間違いがなければ、城に来るとき使った間道が、近くにあるはずだ。まずはそれを目指そう、と思って木々の間を歩き始めた。

少し歩いて、妙な感覚に気付いた。少しずつ明るくなっているはずが、風景が却って薄ぼんやりしてきたようだ。何だろう、と左右に目をやる。ひんやりした湿り気に触れ、朝霧だ、とわかった。これは好都合かもしれない。羽柴勢に見つかる危険が、減ることになる。だが同時に、方角を見失う危うさもあった。

まあ、どうにかなるだろう。肚を括って、また歩き出そうとした、そのとき、真後ろから野太い声が飛んだ。

「やはり、ここに来おったか。思った通りだ」

紛れもない、香川助右ヱ門の声だった。

新九郎は、ゆっくりと振り向いた。顔が見えるほど明るくはなっていないが、大きな黒い影がはっきりとわかった。

「待ち伏せていたのか」

動揺を悟られないよう、落ち着いた口調で言った。香川のせせら笑いが聞こえた。

「姫様がお前を匿(かくま)っておったのはわかっていた。逃がすであろうこともな。ならば、使える逃げ道はここしかない」

新九郎は、内心で舌打ちした。奈津姫の寝所に来たとき、香川は素直に引き下がったと思ったのだが、勘付かれていたらしい。香川も間抜けではない、ということか。

「俺を斬り、首を筑前に差し出そうというわけだ」

「言うまでもあるまい」

新九郎は気配を窺った。他の影は見えない。意外にも、香川は足軽や他の侍たちを連れず、一人だった。手柄を独り占めするつもりなのだろう。それは新九郎にとって幸いだが、一対一でも刀の腕では、香川に敵いそうになかった。

「だが、俺は毛利の臣などではないぞ。俺の首など、手柄にはならん」

自ら、正体を明かしてみた。香川は全く動じなかった。

「お前が毛利の使者などでないことは、先刻承知だ」

くそっ、と新九郎は歯噛みした。やはり、ばれていたか。

「いつわかった」

「初めからだ。使者が、あんな珍妙な恰好で現れるはずがない。だが、書状は本物だった。そこでお前が何者か見極めるため、殿の御指図で城に留め置くことにしたのだ」

そういうことか。新九郎にも合点がいった。鶴岡に城に留まれ、と言われたときは安堵したものだが、そんな思惑があったのだ。

「そんなわけのわからない者に、式部様は殺しの謎を解いてみよ、と命じられたのか」

「それが不思議か」

香川は、嘲笑(あざわら)うように言った。

「お前自身が言ったではないか。見張られていたゆえ、殺しに関わっていないのが明白なのは自分だけだと。殿はそのことを考え、お前に調べをさせれば、或いは正体を現すやもしれぬ、とお考えになったのだ。その上で、もし殺しの真相がわかれば一挙両得じゃ」

「なるほどな。で、俺の正体、見極めはついたか」

水を向けられた香川は、ふん、と鼻を鳴らした。

「さっぱりわからぬ」

馬鹿正直な答えに、新九郎は腰が砕けそうになった。

「何だ、わからんのか」

「うむ。だが、それはもはやどうでも良い。お前が何者であろうと、毛利の使者として始末すれば、それで事足りる」

まずいな、と新九郎は顔を顰めた。書状を届けたのは自分に間違いないのだから、この首は毛利の使者のものだと言い通せば、羽柴筑前も異論は挟むまい。

「時が無駄じゃ。覚悟せい」

香川が、刀を抜いた。新九郎も刀に手をかける。だが、まともにやり合ったら勝ち目はほとんどない。新九郎は刀を抜かないまま、じりじりと退(さ)がった。

「どうした。抜かぬのか」

香川は、嗤っているようだ。こちらの腕など、とうに見抜いているのだろう。

香川が、斬りかかってきた。間一髪で、新九郎は飛びのいた。刀が風を切る音が、はっきり聞こえた。相当な腕力だ。しかもでっぷりとした体躯(たいく)のうえ、具足を着けているのに、動きはかなり敏捷(びんしょう)だった。

さらに退がろうとしたとき、木の幹にぶつかった。それを避けるのに足が止まったところを、香川の刀が襲ってきた。自分の刀で応じるのは、間に合わない。

だが、これなら……。

新九郎は、一瞬で十手を抜き、鉤(かぎ)のところで刀を受けた。火花が飛び、刀が止まる。ようやく見えるようになった香川の顔に、驚きが表れた。そのまま十手を捻り、刀を搦め取ろうとしたが、さすがに戦い慣れした香川は、すっと刀を引いた。

「妙な得物を使うではないか」

面白がるように、香川が言った。新九郎は十手を構え、香川を見据える。十手術の腕には、自信があった。だが、十手は相手を殺す武器ではない。しばらくは凌げても、勝てるわけではなかった。

香川が、また斬りかかってきた。左に躱すと、香川の刀が空を切った。機を逃さず、伸びきった香川の腕を、十手で思い切り打ちすえる。香川の顔が歪み、刀こそ落とさなかったものの、動きが鈍った。新九郎はすかさず身を翻し、城とは反対側の山の斜面を駆け上った。

明るさが増すとともに、霧がだんだん濃くなってきた。が、まだ身を隠せるほどではない。三十尺ほども上ったところで、香川に追い付かれた。振り向くと、香川は既に刀を振り上げている。危ない、と思った刹那、刀が振り下ろされた。しかしそこは足場が悪く、繁った木も邪魔になる。あまり力が入らなかったようで、切っ先を十手で撥ね飛ばすことができた。香川が唸り声を上げる。

木を楯にしながら、さらに上った。もう少し上がれば、間道に出るはずだ。そこまで行くと動きやすくなるが、それは追う香川にしても同じで、諸刃の剣だった。しかし、他にどうしようもない。

霧はさらに濃くなった。振り返ると、香川の息遣いが聞こえるが、姿は薄い影しか見えない。いいぞ、と新九郎は思った。これでは香川も、うまく刀を振れまい。もう少し引き離し、間道とは逆に行けば、或いは撒けるかも。

そう思ったとき、足元が揺らいだ。あっ、とつい叫んでしまう。香川が、「そこか」と言うのが聞こえた。まずい、と振り向きかけると同時に、足が乗っていた斜面が、崩れた。新九郎は手を伸ばし、木の枝を摑もうとした。その手は、あとほんの少しで届かなかった。新九郎の体は宙に浮き、そのまま霧の底へと落ちていった。

どのくらい倒れていたのか。遠くから自分を呼ぶ声がする。馴染みのある声だ。さて、誰だったか……。

「旦那、瀬波の旦那、大丈夫ですかい。しっかりしておくんなせえ」

うっすら目を開けた。目の前に、顔がある。誰だ、これは。香川ではない。そうだ、下谷長者町の……。

新九郎は、呻きながら体を起こした。跳ね起きたいところだったが、痛みでそうもいかなかった。

「やれやれ、一時はどうなるかと思いやしたぜ。怪我はありやせんかい」

下谷長者町の岡っ引き、甚吉は、ほっと息を吐いて傍らに座り込んだ。

「怪我、か。ああ、背中と足を打ちつけたが、折れちゃいねえようだ。擦り傷ぐらいはあるようだが」

見ると、足に血が滲んでいる、これぐらいで済めば、上等だろう。

「いったい何があったんだ」

「地震でさあ。そんなに大きなやつじゃありやせん。見たところ、倒れた家もねえし、瓦が落ちたぐれえでしょう。なのに崩れたってことは、この間からの雨で、土が緩んでたんでしょうねえ」

甚吉は、背後の崖を指して言った。振り返って見ると、幅五間（約九メートル）ほどがごっそり崩れ落ちていた。下の地面が石畳や岩でなくて、助かった。

安堵して、大事なことを思い出した。

「おい、松次はどうなった」

「ああ、奴は旦那の横でのびてやしたので、叩き起こしてふん縛(じば)っておきやしたよ」

体を捻って甚吉が指す方を見ると、あばら骨に痛みが走った。

「松次、怪我はねえか」

「ええ、まあ」

松次は顰めっ面で返事をした。顔に青痣ができているが、新九郎より打ち身が酷(ひど)い、ということもなさそうだ。

「まったく、ついてねえや」

その呟きに、新九郎の怒りが湧いた。

「ふざけるな！　盗みに入って何の罪もねえ人を殺しておいて、ついてねえだと？　戦場で命を取られるのさえ、好き好んでじゃねえんだ。戦国の侍や足軽だって、死にたくはねえんだよ。なのに、お前が殺した相手は、この泰平の江戸で思いもかけずそんな目に遭ったんだ。その理不尽さを、考えてみろ！」

新九郎のいきなりの剣幕に、松次ばかりか甚吉までもが身を強張らせた。新九郎はふうっと息を吐き、甚吉の手を借りて立ち上がると、十手を拾い上げて松次の喉元に突きつけた。

「てめえにゃ、厳しい仕置きが待ってる。覚悟しやがれ」

松次が唇を噛んで俯くと、新九郎は小者たちに「連れてけ」と指図した。小者と下っ引きが、両側から松次を引き上げて立たせ、近くの番屋へ引っ張っていった。

「おい、俺はどのくらい気を失ってたんだ」

足を引きずりながら、甚吉に聞いた。

「へい、そんなに長い間じゃありやせん。四半刻の、そのまた半分ってとこでしょう」

ほんのそれだけか、と新九郎は首を傾げる。

「旦那、何か悪い夢でも見やしたかい」

「うん？　なんでだ」

「いや、急に戦場がどうの、なんて言い出すもんですから」

「ああ……まあ、な。戦国の城にいる夢だ」

「えっ、本当にそんな夢を。夢で戦をしてたんですかい」

甚吉が、驚いたように言った。新九郎は、かぶりを振る。

「いいや。戦には出なかった。城の姫君と、ちっといい仲になった」

真面目な顔で聞いていた甚吉が、噴き出した。

「何ですかい、そりゃあ。随分結構な夢じゃねえですか」

甚吉は、冗談だと思ったらしい。新九郎が自分で歩けるのを確かめると、ニヤニヤしながら下っ引きたちの後を追った。

（夢か……）

新九郎は足を庇って（かば）ゆっくり歩きながら、考える。あれはやはり、夢だったのか。

いや、そんなことはない。新九郎は、胸の内できっぱりと言った。青野城で見聞きした一つ一つの光景が、細部まではっきりと記憶に残っている。掛け軸の絵や、杉浦の素襖の色と柄まで、思い出せた。あんなに長く、あんなに細やかな夢が、あるものか。

いったい何が起きたのか。どうして俺は、あの城に行かねばならなかったのか。その問いに答えが出るかどうかは、わからない。が、何か理由はあるはずだ。

新九郎は、唇に指を当てた。そこには、重ね合わせた奈津姫の唇の感触が、今も残っていた。

十五

次の休みの日、紫色になった痣は消えていないものの、動きに支障がなくなった新九郎は、八丁堀を出て向島へ向かった。そこに新九郎の父、瀬波新右衛門が隠居所を構えている。天気は上々で、手土産の饅頭をぶら下げた新九郎は川風を受けながら、しばしの散歩を楽しんだ。

新右衛門の住まいは小梅村に入ってすぐのところにあり、部屋数が三間ほどの、こぢんまりした家だ。飯炊きなどの世話は、村の女が通いで務めてくれているので、不自由はない。新右衛門はここで、読書と釣り三昧の優雅な日々を送っている。

「父上、おられますか」

表から、声をかけた。天気がいいので、川べりで釣り糸を垂れているかもしれない、と思ったが、新右衛門は家にいた。

「おう、新九郎か。まあ、入りなさい」

新右衛門が、上がり口に出て迎えた。

「釣りではなかったんですか」

「ああ、朝のうちに行ったが、今日はあまり釣れんので、早々に引き上げた」

　戸口に立てかけた、五本もある釣り竿に顎をしゃくって言う。新右衛門は今年五十五になり、髪も半分以上白くなっているが、足腰は全く衰えていない。まだ隠居などしなくても、と新九郎を含め周りからだいぶ言ったのだが、妻を亡くして十年、娘たちも嫁に行き、三十になってようやく授かった嫡子も一人前になったのだからもういい、と笑って、思い通りにしたのだった。舅など家にいない方が、新九郎も嫁を取り易いだろう、とも言っていたが、生憎、良い縁には出合えていない。選り好みし過ぎだ、などと新右衛門には苦言を呈されている。

　座敷に座って饅頭を出すと、ここの世話をしている村の女が、茶を淹れてきた。どうぞごゆっくりと言うのに応え、軽く会釈する。この女はお邦という、三十六になる後家さんで、なかなかの美人だ。下働きだけやっているのではないことぐらい、新九郎も承知だが、新右衛門に水を向けても、笑って白状しないので、そのままにしている。気儘を絵に描いたような暮らしで、羨む声もよく聞かれた。

「派手な捕物でもあったか」

　新右衛門が、新九郎の額の痣を指して問うた。

「下手人を追っていたら、崖から落ちまして」

寛永寺裏での一件を話すと、新右衛門は目を丸くした。

「確かにあの日は小さな地震があったな。大怪我もせず、下手人にも逃げられなくて良かった」

「まったくです。ところで父上、ちょっと今日はお尋ねしたいことがあって」

「ほう。捕物絡みか」

「いえ、先祖のことです」

「先祖？　こりゃ珍しいな。お前がそんなことに興味を持つとは」

新右衛門は面白そうに言う。新右衛門は読書の傍ら、先祖に関わる記録を調べ、整理することもやっていた。これこそ隠居の仕事だ、などと言いながら。

「うちの先祖は、三河以来の足軽と聞いていますが」

「うむ、その通り。関ヶ原合戦にても、我が先祖の瀬波藤九郎は、神君家康公の桃配山の本陣に於いて……」

放っておくと長くなるので、新九郎は父の講釈を止めた。

「播磨に縁などは、ありませんでしたか」

「播磨だって」

新右衛門は、鳩が豆鉄砲を食ったような顔になった。

「どうしてまた、そんなことを」

「夢に、出てきたんですよ。先祖が播磨で戦に出ているところが」

新右衛門は、少しの間ぽかんとしていたが、やがて首を捻り始めた。

「何とも、妙な話もあったもんだ」

何度も首を捻ってから一口茶をすすると、新右衛門は言った。

「儂の祖母、つまりお前の曾祖母だが、実家は上谷という家でな。関ヶ原の後、御家人になったのだが、もともとは播磨の出だったそうだ」

「え、それは初めて聞きました」

祖母はともかく、曾祖母の実家までは知らなかった。

「我が家の文書を読めばちゃんと書いてある。系図も見とらんのか」

困ったもんだという風に、新右衛門は首を振った。それから、どれどれと積んである書物を漁り始めた。

「おお、これだ。ちょっと待て」

新右衛門は一冊の古びた書物を引っ張り出し、ぱらぱらとめくって目当ての箇所を見つけ、新九郎に差し出した。

「ここに書いてある。嫡子小十郎、上谷家長女ふきを娶る、とな」

先祖の日記のようなものらしい。受け取って示された部分を読んだが、上谷家がどんな出自であるのかまでは、書かれていなかった。

「上谷家のことは、上谷家の者に聞くしかあるまい」

新九郎が問うと、新右衛門は当たり前の答えを返した。

「しかし父上は、播磨の出だとご存じなんでしょう」

「ああ。だからそれは、上谷家の者に聞いたのだ」

ほう。ということは、新右衛門は上谷家の誰かと、今も付き合いがあるわけだ。尋ねると、その通りだと言った。

「上谷家の隠居、畿兵衛殿とは、若い頃から度々会うている。儂より二つばかり上だが、畿兵衛殿も読書を好むのでな」

「なるほど。嗜好を同じゅうする隠居仲間というわけですな」

「まあ、そんなものだ。儂からみれば、はとこであるしな。お前は、覚えておらぬか」

さすがに父のはとこまでは、名を聞いたことがあっても覚えてはいない。だが、新右衛門と話が合うのなら、その畿兵衛殿は、上谷家の歴史に詳しいのだろう。

「お訪ねしてみようと思うのですが」

「わざわざ、行くのか」

新右衛門は、目を丸くした。が、すぐに「うん、会うてみるのも良かろう。あいつも喜ぶ」と笑みを浮かべた。

上谷家は、市谷にあった。訪ねてみると、畿兵衛は決して広くない家に、家督を譲った倅夫婦や孫と一緒に住んでいた。五十俵の御家人では、奉行所同心の役得で懐に余裕のある新右衛門と違って、隠居所を構えるなど無理な話なのだ。それでも上谷の家は、こまめに修繕され、掃除も庭の手入れも行き届いており、住み心地は良さそうだった。

「おお、新右衛門の倅殿か。ほんの小さい頃、会うたことがあるが、覚えとらんじゃろうな。いや、立派になられた。新右衛門がよく自慢しておったが、その通りじゃな」

新九郎の名を聞いて、畿兵衛は相好を崩した。新右衛門と比べると髪はだいぶ薄く、体軀も痩せて色白だが、饒舌そうなところはよく似ている。

「急にお邪魔いたしまして、申し訳ございません」

丁重に言うと、畿兵衛は、なんのなんのと大袈裟にかぶりを振った。

「隠居すると、客があるのは嬉しいものでな。まして新右衛門の倅殿が、わざわざ思い立って来てくれたのじゃ。倅は出仕(しゅっし)していて留守だし、まあゆっくりしなさい」

畿兵衛は、ちょっと身を乗り出す素振りを見せた。

「もしや、捕物について何か手を貸せることがあるのかな」

「いえいえ、そうではございません」

新九郎は慌てて言った。しかし、用向きをどう話そう。夢を見て思い立って、先祖が播磨で何をしていたか知りたくなった、と言ったら、変な顔をされるだろうか。

「何、夢を見て、我が上谷家の播磨でのことを知りたいと。これは面白い」

新九郎の心配は杞憂(きゆう)に終わり、畿兵衛はますます上機嫌になった。

「ちょっと待ってくれ」

畿兵衛はそう断って隣の部屋へ行き、ばたばたと音を立てて押入れから何か取り出してきた。

「これが、上谷家に関わる様々な記録じゃ」

新九郎は目を見張った。畿兵衛が両手に抱えて持って来たのは、すっかり古びて茶色くなった、書物や文書の山であった。この御仁、新右衛門と同類と言うより、さらに年季が入っているようだ。

「さて我が家は、言われる通り播磨の出じゃ。記録によれば、姫路の北の方で鎌倉殿に所領を安堵されたのが始まりで……」

これは長くなりそうだ、と新九郎は覚悟を決めた。鎌倉幕府の頃から始まったのでは、今日中に終わるかどうか……。

「そもそもは、所領の土地の名から湯上谷という姓であったのだが……」

いきなり、横っ面をはたかれたような気がした。

「ちょっ……ちょっとお待ちを。湯上谷、と言われましたか」

出だしから話を止められ、畿兵衛は困惑顔になった。

「いかにも。徳川に仕えるまで、その名であった」

「つまり、戦国の頃は湯上谷と称されていた、と」

「左様。その後、姓を変えたのじゃ」

これは重大だった。何としても今すぐ、確かめねば。

「話の腰を折りまして、申し訳ございません。もしやご先祖は、戦国の頃、青野城の鶴岡家に仕えておられたのでは」

纖兵衛は、はっきりわかるほど仰天した。

「なんと。どうしてそれを知っておられるのか」

やはりそうだったか。だが、何故新九郎がそれを知っているかという答えは、用意していなかった。

「それは……」

口籠っていると、纖兵衛の方から言った。

「もしや、そのことも夢に出てきたと」

新九郎としては、そうです、と言うしかなかった。

「これはまた、不可思議な話じゃのう」

纖兵衛は、しきりに首を捻っている。

「青野城は羽柴秀吉に降ったはずですが、それから湯上谷家がどうなったか、何故姓を変えたのか、そのあたりをお聞かせ願えませんでしょうか」

それ以前の話は、無用だ。どうしても知りたいのは、そこだった。

「ふうむ……わかった」

腕組みをしていた纖兵衛が、頷いた。

「実は我が家の歴史でも、そこが一番面白いのじゃ。よし、お話しいたそう」

畿兵衛は、倅の嫁が置いていったまま冷めてしまった茶を、一気に飲んだ。それから咳払いをすると、本題に入った。

「青野城が秀吉に降ったのは、天正六年の如月じゃ。城主は鶴岡式部大丞。我が先祖は、鶴岡家に仕える重臣の一人であった。そのときの当主は……」

畿兵衛は書物の山から一冊取り、目当ての箇所を開いて記述を確かめた。

「湯上谷左馬介和治。天正六年ではまだ若く、二十四じゃな」

新九郎は、膝で握った手が熱くなるのを感じた。間違いない。あの、湯上谷左馬介だ。

「鶴岡家はそれまで従っていた毛利を捨て、織田信長に付いた。そのすぐ後の三木城攻めでは羽柴勢に与力して戦い、その功で、後に鶴岡は安土において信長に謁見しておる」

鶴岡式部は、三木城攻めの一翼を担ったのか。一時は共に羽柴勢に当たろうとまで画策したはずなのに、戦国の変わり身とは、こういうものなんだろうか。

「湯上谷左馬介殿も、三木城攻めに加わったのですね。本能寺の変以降は、鶴岡家はどうなったのです」

「うむ。そのまま豊臣の臣下となり、青野城を安堵されている。ところが、秀吉が存命中に何か不興を買ってな。文禄四年（一五九五年）に改易、追放されておる。理由は明らかでないが、時期から言って、関白秀次の謀反に関わったらしい」

殺生関白と言われた、あの豊臣秀次か。だとすれば、せっかく秀吉を見込んで戦国を生き延びた鶴岡式部も、最後に大きく読み違えたわけだ。

「左馬介殿も、浪人となったのですか」

「左様。しかし伝手があって、備前の宇喜多家に仕官できた。文禄五年（一五九六年）の初めのことじゃ」

また記述を確かめながら、畿兵衛は言った。

「そこで妻を娶っておる」

おや、それまで湯上谷は独り身だったのだろうか。いや、勘定すればその頃は四十を過ぎている。ずっと独り身ということはあるまい。

「前の妻は、男子を生さぬうちにみまかったらしい」

畿兵衛は、新九郎の考えを読んだかのように言った。が、次の台詞は新九郎に大きな衝撃をもたらした。

「このとき娶ったのは、鶴岡家の姫じゃ」

「何と」

新九郎は、絶句した。鶴岡家の姫は、一人しかいなかったはずだ。

「旧主の姫を妻としたのじゃ。我が先祖も、なかなかやるものよ」

畿兵衛は、新九郎の胸のざわめきなど知らず、楽しげに語っている。

「この姫、豊臣の家臣に嫁いでおったが、父が改易となって、離縁されたらしい。太閤に睨まれた男の娘を妻にしておくのは、災いの元、と考えたんじゃろう。世知辛い話じゃのう」

「あの、その姫の名は、書かれておりますでしょうか」

「うん？　ふむ、ここにある。奈津、という名じゃな」

ああ、やはりそうなのだ。奈津姫は、湯上谷について何と言っていたか。

（あ奴は、奈津に懸想しておるようじゃ）

あれは戯言ではなかったのだ。曲折を経た後、湯上谷は齢四十過ぎにして、その思いを遂げたわけだ。

（運のいい男だ）

鶴岡家が城主のままだったら、湯上谷の思慕は叶うこともなかったろう。新九郎としては、いささか妬（ねた）ましいことであったが。

「えー、その奈津姫は嫡子を産んだ。それは幸いじゃが、湯上谷家はさらに大きな波に呑まれる」

「それは……関ヶ原ですか」

畿兵衛は得たりと頷く。

「湯上谷左馬介は、宇喜多の家中であったからな。西軍として参陣した。知っての通り宇喜多家は改易。左馬介は、再び浪人となった。しかし、捨てる神あれば、でな。このときの働きぶりを耳にしたお方の口利きで、徳川に仕官できた」

「西軍から、徳川にですか」

徳川家にしてみれば敵方だろうに、よく仕官できたものだ。

「まだ戦国は終わっておらなんだでな。敵方だった武将で能ある者を召し抱えるのは、ごく当たり前のこと。西軍に加わっていたが徳川の旗本になった家も、幾つかある」

そう言ってから、畿兵衛は苦笑してみせた。

「とは言え、我が家はご覧の通りの貧乏御家人じゃ。微禄でも、拾ってもらえただけ幸い、という程度じゃの」

頷くわけにもいかないので、新九郎は「いえ、そんな」と曖昧に笑みを返した。

「では、もしや姓を変えられたのは、そのときですか」

「いかにも。宇喜多に仕えていた名のままでは具合が悪かろうと、名字から湯の一字を取ったのじゃ」

「なるほど。よくわかりました。左馬介殿と奈津殿のその後については、記されておりますか」

しばし待たれよ、と幾兵衛は書物をぱらぱらと繰った。

「ふむ、御家人となってからは、目立ったことはしておらぬようじゃの。左馬介は元和二年（一六一六年）、神君家康公と同じ年に亡くなり、長子が家督を継いだ。奈津の方は、元和九年（一六二三年）か。こちらは、三代家光公が将軍になられた年じゃな」

幾兵衛はその書物を、恭しく閉じた。

「これは優れものでな。戦国の頃より元禄あたりまでの当家のことが、事細かに記されておる。先祖に、記録に熱心な者がおったのじゃ。しかし、豊臣方にいたことはあまり知られとうはないので、長く人目につかぬようしまわれていてな。

そのため、書かれて百年余りも経つのに、このように綺麗に残っておる」

得意げに話す畿兵衛の言葉を、新九郎は半分も聞いていなかった。奈津の没年の意味が、新九郎の胸に深く響いていたのだ。

(奈津姫は、戦のない世を見ることができたのだ)

大きな心残りが、今、消えた。たとえようもない安堵と嬉しさが、新九郎を包み込んでいく。

そこで、ふと気付いた。山内主膳殺しの下手人が杉浦であると告げたとき、奈津姫は、新九郎がそれを突き止めなければ、湯上谷が罪を着せられていただろうと言った。ならば自分は、先祖の危難を救ったことになる。

(俺がいなければ、曾祖母は生まれていなかったかもしれないのか)

それは即ち、自分もこの世に出てはいなかったかもしれない、ということだ。自分が人知の及ばぬ力によって青野城へ行かされたのは、そのためだったのか。

それにしても、と新九郎は思う。

(俺は、ご先祖様の一人に惚れちまったのか)

そのことを思うと、汗が出る。九代か十代くらい前のご先祖と、唇を合わせるとは。これだけ年月を重ねれば、奈津姫の子孫など何百、何千といるだろうが、それでも……。

「どうかされたかな」

　想いが顔に表れたらしく、畿兵衛が怪訝そうに聞いた。たぶん、赤面していたのだろう。

「ああ、いえ、何でもございません。興味深いお話で、つい昂揚いたしました」

　そう返事をしたところで、表から話し声が聞こえてきた。上谷家の嫁が、来客の相手をしているのだ。畿兵衛が気付いて、襖越しに声をかけた。知っている相手のようだ。

「志津か。客人だが、上がりなさい」

　表から、はあい、と返事が聞こえた。若い娘の声だ。

「儂の姪でな。十八になるが物語本が好きで、よく借りに来るんじゃ。構わんかな」

　新九郎に否やはない。もう、聞くべきことは聞けたのだ。

「大変お邪魔いたしました。貴重なお話が伺え、誠に有難く、厚く御礼申し上げます」

　丁重に頭を下げて辞去しようとするところを、畿兵衛に引き留められた。

「まあそう急がれるな。まだ幾つか、面白い話もあるゆえ」

いやもう充分です、と言いかけたところで、襖が開き、娘が両手をついて挨拶した。

「伯父(おじ)様、失礼します」

それから新九郎の方に向かって、頭を下げた。

「志津、と申します。お話し中のところ、お邪魔をいたしまして申し訳ございません」

「とんでもない。私の方が勝手に押しかけ、無理にお話を聞かせていただいていたところです」

「まあ、そうでございましたか。伯父は講釈が長(なご)うございますから、却ってご迷惑だったのでは」

志津は顔を上げ、微笑んだ。これ、何を余計なことを、と畿兵衛が横槍を入れる。

「あ……あっ、いえその、誠に……貴重な……すごくその……はあ」

新九郎は志津に釘づけになり、しどろもどろに喋った。これには、志津の方が面喰らったようだ。

「あの、どうなさいましたか。そんなに大変なお話だったのですか」

「あー、いっ、いえ、大変などということは。いや、私にとっては大変な……いやいや、そうではなくて、その……」

あまりのうろたえぶりに、志津は唖然としたが、やがて噴き出した。

「あっ、失礼いたしました。でも、あんまり……」

「いやっ、普段は、こっ、こんなことはないのですが」

そこで初めて、名乗ってもいないのに気付いた。

「もっ、申し遅れました。みっ、南町奉行所同心を務めます、瀬波新九郎と申します」

「儂のはとこの倅殿だよ」

畿兵衛が見かねたか、助け舟のように付け足した。

「そ、そうなのです。向後（こうご）、お見知りおきを」

志津は改めて一礼し、新九郎を見た。そして少し顔を逸らし、笑みを浮かべた。

「変わった方ですね」

「これ、何を無礼な」

畿兵衛が窘めた。新九郎は大汗をかいている。志津はその様子を見て、また笑った。新九郎も笑いを返すしかなかった。畿兵衛は何か言おうとしたが、ふと口を閉じ、二人の顔を交互に眺めやって、何やら「ふん、ふん」と、したり顔に頷き始めた。

新九郎の動揺は、まだ収まっていなかった。畿兵衛が何か言ったが、上の空だ。ただ、志津から目を逸らすことができなかった。新九郎が青野城へ行ったのは、左馬介のためだけではなかったことを、今知ったのだ。

志津は、その声も仕草も顔立ちも、浮かべている微笑みも、全てが奈津姫と瓜二つだった。

幕

竹中半兵衛は、廊下を歩きながら、飾り気のない壁や柱にさっと目をやった。

(これが、青野城か)

柱の金具さえ、目立たぬよう黒く塗られている。質実剛健を声高に言い立てているが如くだ。先頭を歩く羽柴秀吉の目には、さぞ無粋に映っていることだろう。山上に六段構えの曲輪(くるわ)を持つ、難攻不落の縄張りの頂点が、この本丸である。まともに攻めれば、何千という犠牲を覚悟せねばならない。まさに、戦のためにあるような城だ。

(それが、戦いもせず我らが幕下となった)

半兵衛としては、感慨深いものがある。何年もかけて調略を仕掛け、上月城が持ちこたえている間に、どうにか実らせることができたのだ。三木城の別所長治も、青野城との連携の道が閉ざされ、歯軋りしていることだろう。

広間には、城主鶴岡式部以下、鎧を脱いだ重臣たちが勢揃いしていた。上手には、秀吉らの座が用意されている。秀吉はその広間に、足音高く入っていった。青野城の一同が、一斉に頭を下げる。

「ややあ、これは御一同、お待たせ申した」

秀吉は足を踏み入れるなり、そんな風に言ってにこやかに笑いかけた。早速、何人かが度肝を抜かれたようだ。和議に応じる、平たく言えば降る、と伝えたのだから、もっと厳めしく、殊更に威を張るのが普通だろうが、これこそ秀吉のやり方だ。

秀吉は鶴岡式部の前にどかりと座ると、やにわに手を差し出し、鶴岡の手を握った。鶴岡は驚いて、丸くなった目で秀吉を見た。

「式部大丞殿。此度は、和議に応じていただき、誠にかたじけない。この羽柴筑前、衷心より御礼申し上げますぞ」

「は。いえ、畏れ入り奉りまする」

予想していたのとだいぶ違ったのだろう。鶴岡は秀吉の態度に、思い惑っている様子だ。

「徒に兵を損じることを互いに避けられたのは、祝着至極。何と申しても、この青野城は攻めるに難く、守るに易い。真っ向から攻めれば、この筑前とてどれほど手間取るか。にも拘わらず、敢えて争わぬことを選ばれた式部殿は、さすがに時勢をよう見ておられる。いや、感服仕った」

秀吉は、抱き付かんばかりの勢いでまくし立てた。半兵衛は内心、苦笑しながら聞いている。攻めたら大変な目に遭うところだった、おかげで助かったなどと、今降ったばかりの相手にわざわざ言うか、普通。綱引城を攻めた蜂須賀彦右衛門などは、落ち着かなげに咳払いしている。だが、これが秀吉流なのだ。

「いや、とんでもないこと。まさに筑前殿が言われる通り、無駄に血を流すだけが戦ではござらぬ。何よりも領民の為を思うて、肚を括り申した。その意を汲んでいただき、有難きことにござる」

案の定、鶴岡は秀吉の調子に巻き込まれている。

「左様左様。式部殿は、ようわかっておいでじゃ」

秀吉は笑顔を崩さずに半兵衛の方を向き、目で促した。半兵衛は一礼し、取り出した書状を広げた。

「然らば、ここで改めて、和議の条件につき互いに確かめさせていただく」

半兵衛は落ち着いた口調で、記されていることを読み上げた。曰く、鶴岡家の本領と城は、全て安堵される。鶴岡家は、今後毛利との交わりを断つ。人質として、嫡男孫三郎景光と奈津姫を差し出す、等々。これまでに示され、合意したものである。当然、異論は出なかった。鶴岡と秀吉の花押が記された約定は、既に互いが受け取っていた。

「人質のお二方については、心配めさるな。この筑前が、万事ご不自由なきよう取り計らい、目配りさせていただく」

「これは有難きお言葉。痛み入りまする」

鶴岡以下、うち揃って謝意を表し、頭を下げた。

「それで筑前殿、三木城のことにござるが」

鶴岡が言った。半兵衛と秀吉は、ちらりと顔を見合わせた。当然、そのことは知っている。鶴岡の方がこの場で言い出すかどうか、様子を見ていたのだ。

「別所長治の離反について、ですかな」

半兵衛がはっきり言うと、鶴岡は「左様でござる」と大きく頷いた。

「別所は、我らを当てにし、筑前殿の軍勢を挟撃(きょうげき)するつもりであったようです。このように、目論見は外れましたが」

「まさに式部殿は、周りに漏れなく目を配り、隙を与えませぬな」

秀吉は、また鶴岡を持ち上げた。鶴岡も、満更でもない顔をする。

「ついては三木城攻めの折には、是非とも御陣にお加えいただき、先陣賜りたく」

「これは有難きお申し出。式部殿は先年、別所と刃を交えておられましたな」

秀吉は、大いに満足といった態でまた笑みを浮かべる。

「先陣のことはさておき、我が陣に加わっていただけるならば嬉しく存ずる」

「ご承知いただき、かたじけのうござる。きっと別所の首級を挙げるべく、働いてご覧に入れましょうぞ」

「頼もしきこと。何卒よろしくお願いいたす」

半兵衛は、一同の顔を見渡してみた。不満のありそうな者は見えない。鶴岡の傍らに座る畠山刑部などは、逸り立っているかのようだ。

半兵衛は、よし、と一人で頷いた。三木城の別所が起ったとき、そちらに走りそうな者はいない。

「三木城が片付いたら、折を見て上様にご挨拶いただこうと存ずる」

「おう、右府（右大臣信長）様に御目通りを」

鶴岡は平伏した。

「願ってもなきこと。よしなにお願い申し上げまする」

「なんの。全てこの筑前にお任せあれ」

秀吉は顔を上げ、青野城の面々に向かって、うんうんと頷いてみせる。一同は鶴岡に倣(なら)って、平伏した。半兵衛はほっとした。これで青野城は、間違いなく我らの手の内だ。

秀吉は皆の様子を確かめるように見てから、身を屈めて小声で鶴岡に言った。

「さて式部殿。この半兵衛も加え、三人だけでちと話がしたい。よろしいか」

「承知仕りました。では、あちらへ」

鶴岡は立ち上がり、重臣たちを残したまま、秀吉と半兵衛を奥の居室へと誘った。半兵衛の目の端に、蜂須賀彦右衛門が全てわかったような顔でニヤリとするのが、一瞬映った。

別室に入った三人は、互いにごく近くに座った。まず秀吉が切り出す。

「門田次郎左衛門のことだが」

鶴岡が少し緊張した様子で、「は」と応じた。

「我が陣で息災(そくさい)にしておるが、この後、どうされる」

ふむ、と鶴岡が頷く。

「今しばらく、御陣にお留めいただけますか。家中が落ち着くのを確かめたうえで、呼び戻します」

「ご家中では未だに、次郎左衛門殿が三木城に使者として向かったとお思いの方がおられるのですな」

半兵衛が言うと、鶴岡が苦笑するように「左様」と答えた。門田は、三木城に行くと見せかけ、鶴岡の指図で半兵衛らのもとに使者として来たのだ。山内主膳が殺されるという予想外の事件が起こり、収拾するまで和議に応ずるのを待ってほしい、と告げるためであった。その時には、何者が城中をかき乱しているのかわからなかったため、性急に動くのを抑えた、というのが鶴岡の言い分だった。秀吉はそれを聞き、了解を知らせる合図として、鉄砲を一発だけ撃たせていた。

「それにしても、いささか時がかかりましたな」

ほんの数日ではあるが、と秀吉は言った。数日であっても、上月城が風前の灯火(ともしび)であることを思えば、おろそかにはできない。

それに、鶴岡の言い分自体、半兵衛は全て信じているわけではない。鶴岡は上月城の戦を横目で睨みつつ、山内主膳殺しの一件を利用して、羽柴勢がどう動くか、見極めるための時を稼ごうとしたのだろう、と見ている。そこで事情はわかったがあまり待てぬ、と示すための催促として、蜂須賀彦右衛門に綱引城を攻めさせたのだ。それを見た鶴岡は、秀吉があくまで上月城を救う前に青野城を落とすつもりだ、と悟り、急いで決着させたに違いない。

「申し訳ござらぬ。蜂須賀殿にも、戸を叩かれましたからな」

鶴岡は額を叩いて言った。そのとぼけたような仕草は、半兵衛を苛立たせた。

「で、山内殿のことは誰の仕業だったのです」

半兵衛の問いに、鶴岡は僅かに躊躇ってから、答えた。

「杉浦兵庫でござった」

「杉浦殿か」

半兵衛は溜息を吐いた。

「どういう経緯か、ご承知でしょうな」

鶴岡は半兵衛に促されると、一部始終を話した。秀吉の顔が曇り、半兵衛の方を向いた。

「そなたも懸念した通りだったのう」

鶴岡の顔に驚きが走った。

「懸念、されていたのですか。このようなことを」

「いやいや、わかっていて放っておいた、というわけじゃにゃあで」

秀吉が、急いで言った。

「だが、この半兵衛の他に黒田官兵衛も自身で調略を始めていたと、後から聞いての。互いに知らずに動いておっては、行き違いが起こるんでにゃあかと懸念しとったわけじゃ」

それだけ言って、秀吉はいきなり頭を下げた。鶴岡が目を剝く。

「済まぬ。この行き違いは、儂の不徳のいたすところじゃ。式部殿には、重臣を一人、失わせてしもうた。官兵衛にはよく言うて叱っておくゆえ、ご勘弁願いたい」

「いや、それは……もう済んだ話でござる」

下手に出られ、鶴岡は却ってうろたえているようだ。

やれやれ、と半兵衛は思う。官兵衛の勇み足は拙かったが、和議が二、三日遅れた他は、思惑通りの結果となった。こちらとしては、害はない。山内主膳や乱破の命など、秀吉にとってはどうでもいい話だ。それをいかにも済まなそうに鶴岡に詫びるのは、人たらしの秀吉ならではのことである。

「杉浦殿については、どうされます」

半兵衛が聞くと、鶴岡は秀吉に伺いを立てるような目を向けて言った。

「折を見て、切腹を命じるつもりでおります」

ふむ、と秀吉が頷く。

「御家の家例に基づき、然るべくなされればよろしかろう」

こちらは関わらぬのでご随意に、ということだ。鶴岡は「畏れ入りまする」と頭を下げた。

「ところで、兵庫殿の仕業と看破した男は、どうなりましたか」

半兵衛がそこを衝くと、鶴岡は困惑顔になった。

「それが……取り逃がしました。毛利の者として討ち取ろうとしたのですが」

「しかし、本当に毛利の使者だったのですか」

「正直、わかり申さぬ。捕らえて何者か詮議すべきだったが……」

「利用しようとして、出し抜かれたか」

秀吉が、面白そうに言った。鶴岡が赤面する。

「面目次第もござらぬ」

「策を弄し過ぎたのではござらぬか」

秀吉に揶揄され、鶴岡は肩を落とした。

（その通りだ。この男、小細工をやり過ぎる）

半兵衛は苦々しい思いで、鶴岡を睨んだ。もともと半兵衛の調略は、まず山内、次に畠山と手を伸ばしていったのだ。それぞれの動きと反応を見つつ、慎重に進め、二人の話から鶴岡も調略に乗るのではないか、という感触を得て、別途の伝手から鶴岡の考えを探ってみた。すると鶴岡は、話に乗ってきたものの、それを山内にも畠山にも告げなかった。二人が既に内応している、と知ったにも拘わらずである。

「何故、主膳殿や刑部殿と話し合われないのです」

半兵衛は、一度そう聞いてみた。鶴岡の答えは、多くの家臣は毛利と繋がっているので、事が漏れる危険があるから、というものだった。特に杉浦と湯上谷は、どう出るかわからない、と。もっともに聞こえるが、違うな、と半兵衛は思っていた。鶴岡はおそらく、内応すると決めた山内と畠山が、自分に対してどう出るか、見極めたかったのだ。この二人の忠誠は、最後まで当てにできるのか。主人を始末しても、己の利を図るか。

半兵衛に言わせれば、そんなことに拘る必要などない。戦国大名の家臣の忠誠は、大抵の場合、利に基づいている。不利になれば、利のある方に付く。それを気にしていては、城主などやっていられない。稀に心底相手に惚れ込んで、という例もあるが、鶴岡の器でそれはないだろう。

（こういう男は、危ない）

半兵衛は鶴岡の横顔を睨みつつ、そう確信していた。松永弾正ほどの器でもあればまた違うが、こういう男の小細工は、あまり良い結果を生まない。思った通りにならない率の方が、高いだろう。秀吉の幕下に入った後、足を引っ張ることにもなりかねない。

（やはり、早めに切った方がいいな）

半兵衛は冷めた目で鶴岡を見た。恐らく秀吉もそれに気付いている。が、秀吉は当人に気取られるような真似は、必要なとき以外、決してしない。

「さて、まあ、これで和議も調うたことだし、その得体の知れぬ男のことなど、忘れてしまえば良かろう」

秀吉は軍扇でぱしっと膝を叩き、話を終わらせた。

「では式部殿、これからくれぐれもよろしく頼む」

改めて頭を下げる秀吉に向かい、鶴岡はさらに頭を下げて応じた。

「こちらこそ、何卒。筑前殿とお近付きになれたこと、誠に喜ばしく存ずる」

半兵衛は聞こえないように、ふん、と鼻を鳴らした。


秀吉一行は、大手門を出て道を下って行った。鶴岡と重臣たちは、大手門まで見送りに出ていた。秀吉は振り返り、にこやかに手を大きく振って見せる。その秀吉に、蜂須賀彦右衛門が囁くのが聞こえた。

「あの鶴岡式部、信用できますか」

半兵衛は笑みを漏らす。やはり彦右衛門も、自分と同じように考えているのだ。

「使いようじゃ。少なくとも、奴は織田より毛利が不利、と見とる。毛利を潰すまでは、裏切りゃあせんで。その先は、またそのときのこと」

思った通り、秀吉は割り切った答えを返した。彦右衛門が、「確かに」と頷いている。

半兵衛は、ふと足を止めて振り向き、青野城を見上げた。鷹乃城、という別名を思い出す。今は、翼の萎(しお)れた鷹だった。いや、鷹でさえないか、と半兵衛は思う。

青野城の中は、バラバラだった。重臣たちばかりか鶴岡までも、己の都合で内応していたのだ。誰もが腹に一物持ったまま、様子を窺っている。家臣たちが一枚岩なら難攻不落の城でも、こんな有様では物の役には立たない。まるで、狐狸の寄せ集めだった。

（そうだ。鷹乃城より、狐の城の方がふさわしい）

半兵衛は、聳える城壁に向かって嘲るような視線を投げつけた。そして思う。鶴岡などより、杉浦の罪を見破った謎の男の方が、余程面白そうだ。

半兵衛は踵を返した。そこで、よろめいた。この数日で、さらに体が重くなっている。最期の時は、刻々と近付いているようだ。

（その奇妙な男に、会ってみたかったが）

残念だが、それが叶うことはあるまい。半兵衛は青野城に、最後の一瞥をくれた。明日には、陣払いをして上月城の救援に赴き、しかる後に三木城を叩き潰す段取りをせねばならない。今少しは、倒れるわけにいかないのだ。

半兵衛は、ゆっくりと歩を進めた。青野城の直下に進出した本陣は、もう目の前である。

解説

細谷正充（ほそやまさみつ）
（文芸評論家）

時代ミステリーの設定に、こんな手があったのか！　山本巧次が二〇二一年四月に光文社から刊行した書下ろし長篇『鷹の城』を読み始めて、まずそのことに驚いた。しかし次の瞬間、納得もした。なぜなら作者は、あの「大江戸科学捜査　八丁堀のおゆう」シリーズの作者ではないか。

山本巧次は、一九六〇年、和歌山県に生まれる。中央大学法学部卒。小学生の頃からの鉄道マニアであり、関西の鉄道会社に就職する。一方で読書も、小学生の頃からの趣味であった。二〇〇八年、東京に単身赴任したとき、期間が予定より延びたことで休日などが暇になり、創作活動を始める。二〇一四年、第十三回『このミステリーがすごい！』大賞に応募した「八丁堀ミストレス」が、受賞は逸したものの隠し玉（編集部推薦作）に選ばれる。かくして二〇一五年八月、タイトルを『大江戸科学捜査　八丁堀のおゆう』と改題し、宝島社文庫から刊行。

作家デビューを果たしたのである。

そのデビュー作だが、とてつもなくユニークな作品であった。なにしろ江戸の両国橋近くで暮らすヒロインのおゆうは、ミステリー・マニアの元ＯＬなのだ。家の納戸にあるタイムトンネルを通り、現代と江戸時代を行き来しているのである。そして現代の科学捜査の力を使い、南町奉行所定廻り同心・鵜飼伝三郎の手助けを幾度もしているのである。

現代の人間が、タイムマシンやタイムスリップで過去に行く話は、ＳＦに多くある。宇江佐真理の『通りゃんせ』や風野真知雄の『「元禄」を見てきた』など、歴史時代小説家の作品も、幾つか数えることができる。しかし現代人が、現在と過去を何度も往来する作品は稀である。よく知られているのは、現代の東京と文政年間の江戸を往来する主人公の生活を描いた、石川英輔の「大江戸神仙伝」シリーズくらいだろうか。ただしこちらはミステリーではない。この設定で時代ミステリーの世界を創り上げた、作者の発想が素晴らしい。

デビュー作は好評を博し、たちまち「大江戸科学捜査　八丁堀のおゆう」シリーズへと成長する。テレビドラマにもなった。以後、このシリーズと並行して、次々と作品を執筆。鉄道ミステリーが多いのは、経歴を見れば当然か。ただし明治から現代まで、扱う時代はさまざま。『満鉄探偵 欧亜急行の殺人』のような、昭和十一年の南満州鉄道を舞台にした作品もある。また、海軍士官を探偵役にした『軍艦探偵』、旅情ミステリーの『乳頭温泉から消えた女』など、作風は幅広い。山本版「必殺」シリーズともいうべき「江戸の闇風」シリーズや、お俠な娘を主人公にした「江戸美人捕物帳」、ニセ占い師と助手たちが躍動する「まやかしうらない処」シリーズなど、時代小説も多彩だ。その多彩な作品の中でも本書は、「大江戸科学捜査 八丁堀のおゆう」シリーズに匹敵する、独創的な時代ミステリーになっているのである。

では、何が独創的なのか。粗筋と共に説明していこう。主人公は、江戸の南町奉行所定廻り同心・瀬波新九郎だ。悪党を追っていて地震に遭遇した新九郎は、なぜか戦国時代にタイムスリップしてしまう。しかも場所は、織田信長の中国攻めで、羽柴秀吉の軍に包囲された播磨の青野城の近く。ちなみに青野城は毛利方だ。また、山の上や下から見た城の形が鷹に似ているため、鷹乃城とも呼ばれている。訳が分からず混乱する新九郎だが、雑兵に襲われ死にゆく男から、青野城への密書を託された。男は毛利家の使者だが、この時点では新九郎は何も知らない。とりあえず身の安全を考え、使者になりすまし、なんとか城へ入った新九郎。

同心の着物を不審がられながらも、一息つくことができた。ところが鶴岡家上士の山内主膳が、普段、武具の物置にしている奥の部屋で、死体となって発見される。どうやら殺されたらしい。ひそかに見張りを付けられていた新九郎は、アリバイを持つ人間になった。さらに同心としての才の片鱗を見せたことで、城主の鶴岡式部から、事件の真相を明らかにするように頼まれるのだった。

本書の主人公は、江戸時代の人間である。その彼が戦国時代にタイムスリップする。つまり現代の読者から見ると、過去からさらなる過去へ行ったことになる。現代の人が過去へ行き、事件を解決する話はあるが、こういうパターンは初めてではないだろうか。とんでもないアイデアである。

(ここから解説の都合上、話の流れやラストの展開などに踏み込むので、未読の方は注意してください)

しかもアイデアだけの作品ではなく、ミステリーの部分が、とにかく優れている。まず感心したのが、抜け道の使い方。実は奥の部屋には、抜け道があったのだ。普通ならば最後の方まで、その事実を隠し、密室殺人の興味で読者を引っ張ることも可能だったろう。だが、作者はそうしない。早々に、新九郎が看破するのだ。そして抜け穴に入ると、新たな死体が発見される。織田方の乱破らしい。たまたま出会ったふたりが斬り合ったのか。それとも内応の相談が拗れたのか。どちらにしても状況には不審が多かった。

密室だと思ったら抜け道があったというのは、密室トリックのひとつのパターンである。作者はそれを簡単に明らかにし、さらに次々と事件や騒動を起こすことで、物語をスピーディーに展開させていく。抜群のミステリー・センスで、物語が組み立てられているのだ。

これは新九郎の調査にもいえる。彼の調査方法は、江戸の同心らしいオーソドックスなもの。事件の現場を何度も確認し、必要な人に聞き込みをする。城主の命を受けているので、重臣たちにも遠慮なく話を聞くことができるのが有難い。ただし彼らは、どこまで信用できるのか。城主の娘の奈津姫は、新九郎が気に入ったようで、「気を付けよ。重臣どもは皆、腹に一物あるぞ」とアドバイスしてくれる。聡明な奈津姫が本書のヒロインであり、彼女と新九郎の淡い慕情混じりの交流が微笑ましい。

もっとも重臣たちが、腹に一物あるのもしかたがない。籠城はしたものの、毛利の後ろ盾は当てにはならぬ。新九郎の持ってきた密書で分かった、織田から離反する三木（みき）城の別所長治（べっしょながはる）と組むべきか。しかし、かつて別所とは戦ったことがある。極限状態寸前の城内は、誰が裏切り者になるか分からない。新九郎も何者かに命を狙われる。そんなヒリヒリした空気の中で、調査が進むのだから、読んでいるこちらの緊張感が途切れることがないのだ。

さらに終盤の謎解きでは、新九郎が奥の部屋で起きたことを、理路整然と説明。そしてそこから犯人を指摘する。本格ミステリーの醍醐味が存分に味わえるのだ。と思ったら、謎解きが終わった後も、サプライズの連続。すべてが明らかになったとき、この時代この場所でなければ成立しない、複雑怪奇な事件の構図に感服した。設定こそ突飛であるが、堂々たる時代ミステリーになっているのである。

ところで、こうした現代人が過去に行く話（本書の場合は、過去↓過去だが）では、物語の終わりで主人公が現代に戻ってくるかどうかが、大きな興味の焦点となる。いささかネタバレとなるが書いてしまうと、最終的に新九郎は江戸に帰ってくる。魅力的な奈津姫と、いい空気を醸し出していただけに、彼の帰還は、ちょっと悲しい。だがこれは〝時空テーマＳＦ〟における、恋愛の宿命なのだ。恋愛の障壁はたくさんあるが、その最たるものが時間である。なぜなら時間は、人間の力でどうにもできないからだ（たまに、どうにかなってしまう作品もある）。だからこそ、ジャック・フィニイの名作短篇「愛の手紙」や、リチャード・マシスンの原作及び、それを映画化した『ある日どこかで』（映画でヒロインを演じたジェーン・シーモアが美しい）のラストが哀切なのである。

では本書は、どうなのか。さすがに書くわけにはいかないが、切なさの中に、ほのかな救いを感じるものになっている。本を閉じて大満足。充実の読書時間を、この物語は約束してくれるのだ。

最後に、本書以後に出版された、過去↓過去の設定を持つ時代小説に触れておきたい。二〇二二年六月に牧野礼がくもん出版から刊行した児童文学『六四五年への過去わたり 平城の氷と飛鳥の炎』は、乙巳の変で焼失した書物を救うため、青年と少女が約七十年の時を渡る。二〇二三年三月に篠綾子が光文社文庫から書下ろしで刊行した『翔べ、今弁慶！ 元新選組隊長 松原忠司異聞』は、今弁慶の異名がある新選組四番隊隊長の松原忠司が、隊内の粛清で死んだと思ったら、壇ノ浦の戦い直前の長門で目覚め、鎌倉時代の初期を生きていく。どちらも面白いので、本書と併せてお薦めしたい。

……などと書いていたら、担当編集者から、本書の続篇の原稿が送られてきた。

えっ、なに、どういうこと。どう考えても本書は、続篇のある終わり方ではないよね。慌ててゲラを読んだら、今度はそうきたか！　もちろん主人公は瀬波新九郎で、奈津姫も登場。またもや本格ミステリーならではの謎解きが楽しめた。ああもう、なんて続篇を生み出したのだ。これだから山本巧次作品は、一冊たりとも目が離せないのである。

二〇二一年四月　光文社刊

光文社文庫

長編歴史時代小説

鷹の城　定廻り同心 新九郎、時を超える

著者　山本巧次

2023年9月20日　初版1刷発行

発行者　三宅貴久
印刷　萩原印刷
製本　榎本製本

発行所　株式会社 光文社
〒112-8011　東京都文京区音羽1-16-6
電話 (03)5395-8147　編集部
8116　書籍販売部
8125　業務部

ISBN978-4-334-10043-8　Printed in Japan

組版　萩原印刷